KB245456

말랑 콩떡 아기 동물들
나는 새끼다 2

서울문화사

차 례

롭이어토끼

분당 최대 120회 벌렁거리는 내 코!

호다닥

왔어?

STOP

흥!!!

내가 궁금하지 않았어? 나 완전 귀여운데?

왜 이제 왔지? 벌써 토생 30일 차나 됐건만.

내 이름은 아직 안 가르쳐 주~지!

메롱!

이 자세는 좀 늠름하지 않아?

엣헴

긁긁긁

일단 나 새끼의 전반적인 느낌은 귀염 뽀짝!

뒷다리로 머리 긁는 중

그런데 방심은 마. 비장의 무기가 있으니.

앗, 지금… 머리 긁는 내 표정…

민망…

좀 멍청해 보였나?

그게 뭐냐고?

골똘

알려 줄까, 말까?

너…… 토끼가 왜 간한지 알아?

7

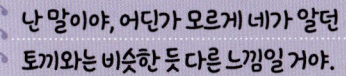

난 말이야, 어딘가 모르게 네가 알던
토끼와는 비슷한 듯 다른 느낌일 거야.

무라고?
똑같다고?

벌름벌름

자, 주목!

이 풍성한 털과 벌렁거리는 코.

쪼꼬미~

아, 내 귀?
자세히
보여 줄게.

기다란 귀의 콜라보.
그중에서도 먼저, 귀에 주목하길!

난 토생
두 달 차 형님
토끼야.

지금은
여느 토끼와
다를 게 없지.

추우욱

하지만 한 달만 지나면 이렇게 돼.
이게 나 새끼의 특이점! 그래서 말이야~

나는 롭이어토끼 새끼다.
처음 들어 보는 이름이라고?

이름은 처음 들었어도 한 번쯤 본 적은 있을걸?

앙증

귀욤

흠... 어딜 봐야 하지?

두리번

여긴가? 여기가 맞나?

두리번

눈 맞추고 인사하는 게 인지상정.

문제는 풍성한 털.
앞에선 눈이 안 보인다.

앞모습과 옆모습 차이가 좀 있지. 나름 반전의 미야.

그렇다면 옆에서 눈을 맞추도록 하자.

나 새끼 킥!!
파묻힌 나 새끼의 눈은 조용히 열일 중!
시야가 무려 360도라는 사실.

눈과 달리 티 내고 열일 중인
여기, 바로 코!

냄새가 난다,
냄새가!

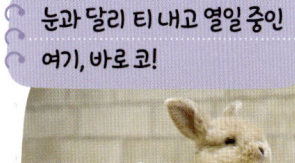

이쪽 벌렁

저쪽 벌렁

이것은 단순한 벌렁거림이 아냐.

이것은
무엇인고?

킁

일단 먹는 건
아닌 것 같고….

킁

킁

킁

냄새만 맡는 걸로 생각한다면 오산.
정보를 수집하는 중이다.

그리고 개량된 내 귀는
덮여 있어서 잘 안 들려.

천적 없는
곳에서만 살 수
있다구.

뭐,
뭐라고?

OK?

하지만 나 새끼는 소리를 잘 듣고
도망 다녀야 하는 초식동물!

고로 절대 야생에서는 못 사는,
집 안에서 살아야 하는 집토끼다.

나 새끼 킥!!

나 새끼 귀, 덮어놓고 있다가는 병원 신세 못 면한다.
귀지 및 염증 발생이 많으니 귓속 건강 상시 체크, 체크!

오물오물

얘는
어디 갔지?

나 불렀어?

스윽

나 새끼는 외로움을 많이 타는 편.

부비♡

나랑 놀자.
나랑 건초 같이 먹자.
나랑 똥 같이 싸자.

부비♡

나 되도록 혼자 두지 아.
사랑이 많은 동물이라고.

아, 잠깐만.

멈칫

왜 나만 형아를
따라다니지?
생각하니 열받네?

째릿

근데, 사랑만큼 많은 게 있어.
그게 뭐냐하면······ 급.발.진.

토끼 인사이드.
매일매일이 달라. 새로워.

10일 차에도 뒷발 파워가
장난 아닐 만큼 폭풍 성장!

다리 짧다고
얕보면 안 돼!

우뚝

쏙쏙

그만큼 털도 폭풍 성장!
그루밍을 열심히 해도 옷, 양말,
모자 전부 털로 뒤덮일 거야.

나 관리 받는
토끼야.

삭삭삭

물은 싫어하니 빗질로 케어 부탁해.

나 새끼에 대해 정리하자면,

부끄러우니
똥은 안 보여
줄 거야.

놈놈놈

하루 종일 먹은 만큼
계속되는 분뇨 공급.

먹는 흐름 끊기면
속땅해.

지구의 풀이 거덜나는 게 아닐까
싶을 정도로 계속되는 건초 공급.

아플 시에 발생하는 병원비로 계속되는 재화 공급.

뻔뻔~

난 대신 너에게 사랑과 털과 똥을 주지.

감당 가능한 사람만 들어와.

게다가 왕순둥이 토끼야.

뾰옥

아무튼 난 귀 쫑긋하게 태어났고,

나도 아직 새끼지만 이대로 큰다고 생각하면 돼.

추욱

내 미래는 귀 축 처진 진정한 롭이어가 된다, 이 말씀!

♥ 롭이어토끼 ♥
(Lop-eared Rabbit)

이름 그대로 귀가 아래로 처진 토끼를 말한다. 영국에서 애완용으로 개량된 토끼로, 15개의 품종이 있다. 롭 래빗, 또는 롭이라고도 부른다.
성체는 귀 길이까지 60cm, 무게는 4.5kg 정도, 수명은 7~10년이다. 다른 토끼에 비해 귀가 커서 주기적으로 청소를 해 주어야 한다. 성격은 대체로 온순하고 사교적인 편이고, 개처럼 사람을 잘 따르며 훈련도 어느 정도 가능하다고 한다.

2 고슴도치

내 똥 냄새에 나도 기절한 적 있어.

어디 보자… 온도는 26℃, 습도는 40% 이 정도?

따근 따근

누구 손인지 참 따스하네.

쿨쿨~

이렇게 가까이 보면 부끄럽잖아.

맙소사! 자는데 누가 자꾸 쳐다보니?

안 보이겠지만 혀로 목욕하는 중!

쓱쓱

깍싹

단장 좀 하고 나갈게.
조금만 기다려 봐.

시원하다!

나 입 되게 크지?!

나 혀도 엄청 길다!

날름

쭈우욱~

하~~암

기지개 한번 켜고,

하품도 크게 하고,

앗, 발바닥이 덜 닦였네.

이 자세, 딱 좋았는데.

꼼지락

나 새끼 고슴도치.
말 안 해도 알지?

태어난 지는 2주 됐……
뭐야?

먹다가
떨어트린 거
아니지?

아, 아니!
이 맛은?!

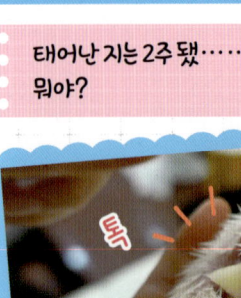

톡

사과 조각

날름

달콤하면서도 새콤한,
이건 뭐지?

안 되겠다.
비켜 봐!

낑낑

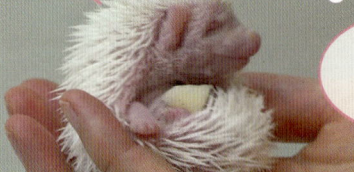

가시 이곳저곳
고루고루 골고루
침 발라야지!

퉤퉤

나 잠깐 '안팅' 좀 해야겠어.

나도 내가 왜 그러는지 몰라.
본능? 습성? 뭐 그런 거지.

가시에
혀 안 찔리게
조심할게~

까꿍 ^^

고슴도치들은 자주 한다고 하니,
그냥 그러려니 해~

나 새끼 킥!!

처음 맡아 본 냄새나 맛은
내 가시 속에 저장.
저장 중에 건들면 오류날
수 있으니 방해 말길!

근데 좀 자는 게 18시간.
하루 최대 18시간!!

앙증

귀욤

지금 난
잘 자고 잘 먹고
잘 싸는 게 임무야.

그동안 어른 도치를 소개할게.

보이진 않지만
맛있는 냄새가
난다.

시력이
거의 없음

똘망

컹컹

내 밥이 지나가는 거
같긴 한데, 누가 볼 때
밥 먹으면 난 체해.

엄청 똘망똘망하게 생겼지?
나도 알아, 나 똑순이인 거.

도망가자

힝...

근데 우리는 보통 소심하고, 겁이 많고,
예민하고, 내성적이고, 긴장을 많이 하고,
경계심도 많고, 독립적인 동물이야.

모두 나가 줄래?
격하게 혼자
있고 싶다.

일어나라, 아기 도치여.

배시시~

아우, 잘 잤다~

킁킁

이건 또 무슨 냄새인가?

참고로 나한테 나는 냄새는 아님.
난 분비샘이 없어서 냄새 안 나거든.

아마 너인 듯.

휙

응? 내가 따가울 거 같다고?
우리 엄만 나 부드럽다고 했는데.

태어난 지 얼마 안 됐을 땐,
나 새낀 가시리스였대.

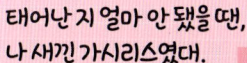

맨들맨들

근데 소름 돋게 실시간으로 가시 돋는 중.

뾰족뾰족

이 모든 건
태어난 지 1시간 만에
일어난 일.

제법 가시가 돋아서 도치처럼 보이지?

귀여운 우리 밤송이들~

2주 후, 이게 나야.

뾰족 뾰족

나 새끼는 2~3개월 차에 새 가시로 다시 태어난다. 탈모 아니니 놀라지 마라.

나 새끼 킥!!

나 새끼는 엄마한테 상처를 주지 않기 위해 일단은 가시 없이 나와. 태어나자마자 자라긴 하지만 부드럽고 유연해서 엄마가 다칠 일은 없으니 걱정 마시라.

언제까지 잘 거냐고?

더 자려고 했는데….

민망할 땐 웃지요.

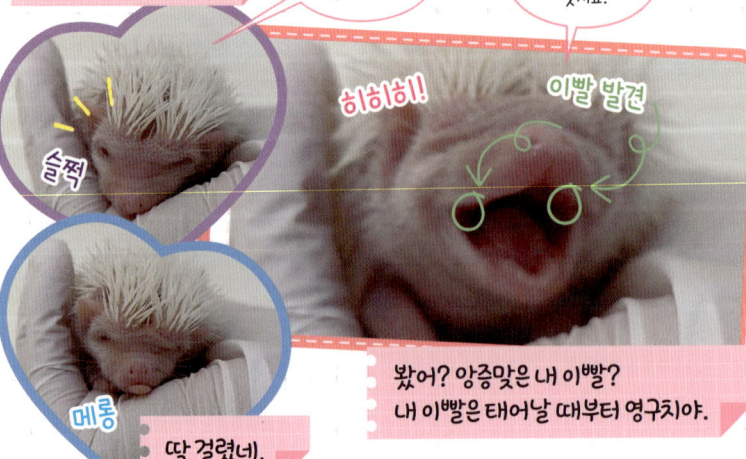

히히히!

이빨 발견

슬쩍

메롱

딱 걸렸네.

봤어? 앙증맞은 내 이빨? 내 이빨은 태어날 때부터 영구치야.

그래서 진심 평생 관리해야 돼.

양치 극혐!

치약도,
칫솔도 다 먹어
버릴 테다!

버둥 버둥

투덜 투덜

6개월에 한 번씩 구강검진 필수야.

또 잠……

말했지?
하루에 최대
18시간 잔다고.

Zzz
…

나 새끼 고슴도치는 배변 훈련도 가능한,
똑똑한 동물이야.

난 냄새 안 나.
똥 냄새는 나.

근데 응아 냄새가 저 세상급이라
바로 치우지 않으면 도치도 너도 기절.

아무튼 난 태어났고,
앞으로 6개월은 더 클 예정이야.

귀욤★

다리는
다 자라도
짧을 예정.

하얀 밤송이인 나의 미래는,

베이비페이스는
아기 도치 그대로니,
으른 도치의 뾰족한
가시를 보라!

뾰족

찌부

아이참~
가시로 찔러 줄 테닷!

제법 따끔한 밤송이시다!

고슴도치
(Hedgehog)

쥐와 비슷한 외모와 습성 때문에 설치류 일종으로 오해할 수 있지만, 그와 별개인 고슴
도치과 동물이다.
머리부터 등을 덮은 가시는 털이 변형된 것이다. 위협을 느끼면 몸을 둥글게 웅크려 자
신을 방어한다. 고슴도치의 가시는 피부에 박힐 정도로 뻣뻣하니 조심할 것. 성체의
몸길이는 20~30cm, 몸무게는 500g 내외이다.

나 새끼를 찾아라!

커다란 케이크 위엔 촛불이 반짝이고,
맛있는 음식이 놓여 있어요. 알록달록 풍선으로
장식된 숲에서 동물들의 생일 파티가 열리거든요.
숲 속 여기저기에 숨어 있는 일곱 마리
아기 동물들을 찾아 이름을 맞혀 보세요.

앞다리에서
시작해서,

두툼

기다란 목.

길
쭉

갸름

브이 라인
턱 선 위에,

계란형
얼굴 도착!

헤헷

얼굴까지 올라오느라 힘들었지?

청순

한 폭의
그림 같지?

우아

예쁨

내
포토 타임을
방해하다니!

쑥

앗!

난 알파카 새끼다.
태어난 지 10일 된.

그래서 말이지······.

지금부터 나 새끼와 함께 하는 힐링 타임!

알파카의 축복을 함께 볼래?

내 눈을 바라 봐~

나도 가끔 눈물을 흘린다.

전체적으로 순진무구한 얼굴에,

또르르

멍~

아무것도 몰라용~

왠지 모를 아련한 눈빛.

반했니? 반했어? 반했냐구!

보송해 보이는 이 코와, 망고스틴을 닮은 입술.

하지만 뭐니 뭐니해도
제일 자신 있는 건, 털.

알파카는
털빨이라는 말이
있을 정도야.

훗~!

열흘 전에 장만한
내 털옷, 어떤데?!

알파카 코트도
얼마나 따뜻한데.

복슬복슬

쓰담쓰담

우린 안데스
산악 지대에서 왔거든.

추위를 견디려면 이 정도
털옷은 입어 줘야지 않겠어?

청소년 알파카

삐이~

근데 아직 머리털은 많지 않아.

좀 더 크면 머리털도 복슬복슬.

낙타와 친척인 우릴 라마랑
헷갈리곤 하는데,

안녕?
난 라마야.

라마랑
헷갈리지 말라마.

히히~

쪼꼬미

우리가 키도 작고, 귀도 작다.

때론 졸려운
강아지처럼 …

Cute~♥

암튼 간에, 나처럼 귀도
귀여운 알파카 본 적 있니?

때론 장난스런
개처럼!

Cool~~

아차!

아, 내가
얘기 안 했지?

요리 보고 저리 봐도
매력 넘치는 나란 알파카.

근데 조심해야 할 게 있어.

잘못했다가 침 세례를 받을 수 있어.

퉤퉤퉤

나 새끼 킥!!

기분이 나쁘거나 위협을
느꼈을 때, 침을 뱉어 자신의
민감한 감정을 표현한다.

알파카의 침은 단순
아밀라아제가 아니다.

저 언니,
사춘기라
까칠해.

풀 뜯어 먹으면서
진정하자.

난 기분
좋아요♥

오물오물

그러니 다가오기 전,
내 기분부터 살필 것!

위에 담긴 음식물을
되새김질한 게 나오는 거야.

하지만 아직은 엄마 품이 최고지.

이건
무슨 풀인고?

엄마
껌딱지

쿵쿵

세상 만물이 새롭고
짜릿할 나이, 생후 10일.

엄마,
할말이 있는데….

34

난 엄마 배 속에서 열한 달 동안 잘 먹고 잘 자랐어.

그만 먹어!

아직 엄마 쭈쭈 먹지롱~

엄마, 한 번만!

까꿍

퍽!

이제 슬슬 풀 뜯어 먹어야 한대.

엄마 갔음

질겅질겅

근데 이제 풀에는 입 댄 상태야. 이유식 먹어야 빨리 큰대서.

내 눈을 봐. 순둥순둥 그 자체!

자는 거 아님

따뜻한 눈빛

나 새끼침 뱉는 걸로 유명하지만, 순하고 다정한 동물이야.

흙바닥에 뒹굴어도 웃고 있을걸!

35

그렇다고 등에 탈 수 있을 거란
생각은 버려.
낙타와 달리 등이 약하거든.

냠냠~

뒹굴

엄마, 저기
저 사람이 내 등에
타 보고 싶대.

짐을 싣거나 사람이 탈 경우 목숨이
위험해. 네 목숨 말고 내 목숨!

우리 애
건들지 마라.

보시다시피 알파카는
무리지어 사는 동물.

아까 그 이모

우리 가족
최고야.
든든해!

사랑해♥

나 새끼와 함께 하고 싶다면
짝을 꼬~옥 만들어 주길 바랄게.

쿵쿵

벌써 마무리 인사야?

다음에 또 만나!

아무튼 나는 태어났고,

앞으로 퐁실퐁실 털찔 예정이야.

내 미래는…… 아까 봤지? 우리 엄마, 고모, 이모, 삼촌.

날 기르긴 힘들 테니 농장에서 보자.

윙크~★

나도 아기 파카를 지키는 멋진 알파카가 될게!

💙 알파카 💙
(Alpaca)

페루 남부와 볼리비아, 칠레 북부 등 높은 산악 지대에서 기르기 시작한 낙타과의 동물 '비쿠냐'를 가축화한 동물이다. 알파카의 털은 부드럽고 따뜻해 주로 털을 얻기 위해 키운다. 털색은 흰색, 검은색, 갈색 등이 있다.
무리 생활을 하는 알파카는 영역을 지키는 수컷 한 마리와 여러 마리의 암컷이 모여 산다. 몸길이 1~2m, 몸무게는 60kg 내외, 평균 수명은 15~20년이다.

4 브리티쉬 숏헤어

신이 내린 비주얼 ♥

이 바나나 속 고양이는……
영국에서 최초로 시작되었으며,

두둥

쿠울~

내 잠을
방해하다니!

ZZZ...ZZZ...ZZZ

뭐야?

결국 '나는 새끼다'까지
진출!

지구 곳곳 만나는 사람마다
행복을 전하였고,

거참,
귀찮게시리….

어휴, 쯘짜…

수십만 명의 구독자들에게 행복을 주기 위해
귀찮음을 감수하고 촬영하고 있는데……

그 와중에
꿀잠 자는 새끼 발견!

언제 끝나?

귀찮

ZzZz

이 세상과 저 세상의 귀여움을
다 갖춰 버린 것만 같은 이 짤뚱한 몸매.

머리만 한
몸통, 어떤데?

머리

몸통

꼬리

난 브리티쉬 숏헤어 새끼다.

태어난 지
26일 됐어욤.

출구 없는
똥그란 매력 탐구
시작!

몸매는 짧고 똥똥하지만,

얼굴은 확실히 크고 똥글하다고.

39

뭐야?
설마 날 안으려고?

조랭아~

나 새길 안거나 놀아 줄 때
조심해야 할 게 있어.

잠깐!

냥~~~

발톱, 나도 이제 곧
자를 때가 됐나 보군.

발톱이 여기저기 걸리면 발톱이
뽑힐 수도 있고, 관절이 비틀릴 수 있어.

나 새끼 킥!!

고양이는 발톱갈이를 위해
스크래처를 해. 혹시나
떨어진 발톱 껍데기를 보고
놀라지 마. 이미 죽은 거니까!

화가 날 때 스트레스를
풀기도 해. 집사를
긁을 순 없잖아.

그그그
긁긁긁

발톱 맛 좀
볼래?

이렇게 발톱을 긁으며 젤리에서 나온
땀을 묻혀 영역 표시를 하기도 해.

근데 이제 스크래처 믿고
발톱을 안 깎아 준다면,
집사 팔이 스크래처가 될 거야.

땅딸한 다리, 하지만
골절 걱정 없는 굵은 뼈대.

멋짐과 귀여움이
공존하는
이 얼굴까지.

귀욤

멋짐

뉘집 고양인지,
참 완벽하다.

늠름

땅딸

넓은 가슴과
태생이 근수저인 나 새끼.

1년 365일
치카치카는 필수!

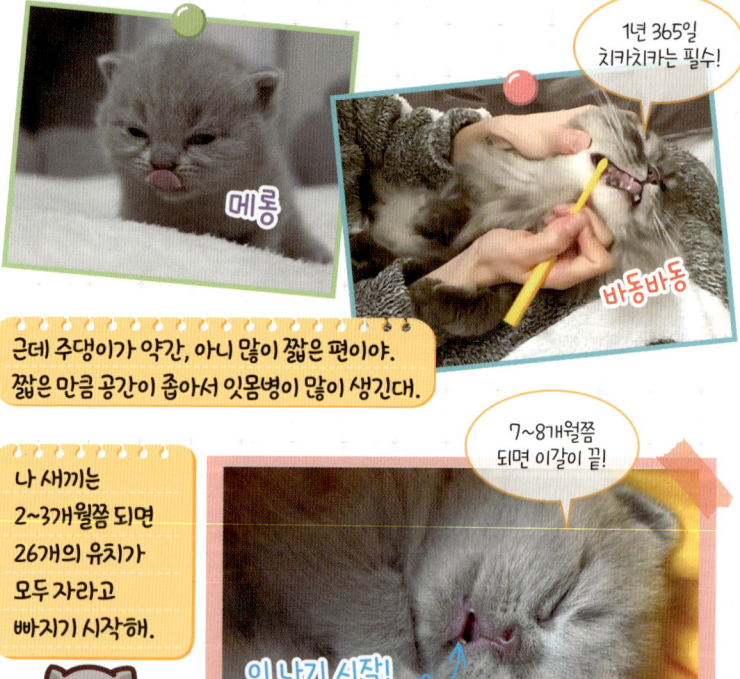

메롱

바둥바둥

근데 주댕이가 약간, 아니 많이 짧은 편이야.
짧은 만큼 공간이 좁아서 잇몸병이 많이 생긴대.

나 새끼는
2~3개월쯤 되면
26개의 유치가
모두 자라고
빠지기 시작해.

7~8개월쯤
되면 이갈이 끝!

이 나기 시작!

여기서 중요한 건?
역시 치카치카!

잠깐. 내가 러시안 블루랑
닮았다고?

내가 아는
그 러시안
블루우우?

아니야!

심기

불편

나 새끼 전형적인
U라인의 푸근한 묘상.

아니,
기분 나쁘다는 게
아니라….

대써.
나 삐쳤어.

동글동글

러시안 블루

나 새끼 짧고 몽땅한 코,
러블은 길고 뭉툭한 코.

러블은 V라인의 날렵한 묘상.

오동통

딱 보니
다르지?

날씬~

다 크면
더 달라.

귀여운 건 똑같다. ♡

나 새긴 이름 그대로 숏헤어.
숏헤어라고 해서 털 관리를 덜 해도 될 것 같지?

집이며 옷이며
내 털이 없는 곳이
없을걸.

청소는
집사가 해라.

모른 척

천만의 말씀. 털의 양이 많고,
심지어 굵고 뻣뻣해.

빠진 털 쓸어내고, 엉킨 털 풀어내는
빗질이 필요해.

약속~
도장 꾹!

쓰담쓰담

하루에 한 번 빗질은
선택이 아닌 필수다.

개운하니
잠이 와~

고롱고롱~

양보해서
일주일에 두 번은
꼭 지켜 줘.
너와 나를 위한
일이야.

빗질했더니
개운해~

나 새끼는 크게 관심 주지 않아도
잘 먹고 잘 사는 고양이야.

알아서
숨 잘 쉬고 있어.
걱정 마.

코오…Zz

쿨쿨~

근데 이제 집사가 관심을
구걸해야 해.

"집사 왈"
구석에서 제발 나와 줘.
안 만질게. 옆에 좀 있어 줘.
조금만 나랑 놀아 줘.
딱 1초만 안게 해 줘.

애걸

구걸

딱 10초만
쓰다듬어야 해.

10, 9, 8, 7, 6,
5, 4, 3, 2, 1, 0! 손 떼.

난 누가
내 몸에 발 대는 거
딱 싫어!

나 새낀 충성심이 높아서
항상 주인 곁을 맴돌아.

척!

이건 뭐야?

하지만 스킨십은 싫어싫어주의자.
그냥 적당한 거리의 근처에 있을게.

충전 중

혼자만의 시간을 한 번씩 주는
집사의 센스가 필요해.

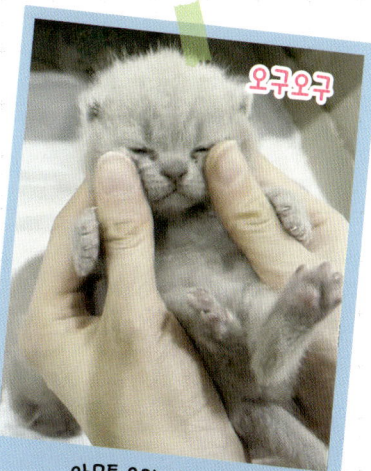

오구오구

아무튼 우린 태어났고,
묘생 맘대로 살 예정이야.

이래도 저래도
귀여운 나의 미래는…….

포옥

넌 브숏이
아닌가 봐.
왜케 안기냐?

눈빛은 이렇지만
고양이 중 가장
온순하단다.

나처럼
강아지 같은
브숏도 있어.

멋지지?

부릅

바로 이 분이시다.
카리스마 최고!

♥ 브리티쉬 숏헤어 ♥
(British Shorthair)

이름처럼 영국 출신의 짧은 털 고양이를 말한다. 2,000여 년 전부터 쥐를 잡기 위해 길러졌다고 한다. 눈이 크고 볼과 턱에 살이 있어서 심술 맞아 보일 수 있지만, 조심스럽고 조용한 성격이다. 인내심도 강한 편이라 영국 신사처럼 점잖다. 태어난 후 3~5년까지는 계속 자란다. 다 자라면 몸 길이는 40~50cm, 몸무게는 5kg 내외가 된다.

나 새끼 TMI

카멜레온의 숨겨둔 무기

우리에게 카멜레온은 몸 색을 바꿀 수 있다는 것으로 잘 알려져 있어요. 하지만 잘 모르는 것은 카멜레온의 입속에 숨어 있는 혀. 카멜레온의 혀는 '설골'이라는 막대 모양의 뼈와 근육으로 이루어져 있지요. 먹이를 잡아먹을 때 이 설골을 당긴 후 혀를 발사시켜요.

> 나비처럼 다가가 벌처럼 잡아먹자!

이때 몸은 느릿하게 움직이지만 몸길이의 2배 정도가 되는 긴 혀를 내밀 때는 초속 3.5m가 넘을 정도로 빨라요. 그리고 혀끝은 넓적한 데다 끈끈한 점액이 있어서 먹이가 혀에 닿는 순간 달라붙어 도망갈 수 없게 되지요.

기린 화나게 하지 마!

현존하는 육상 동물 중 가장 키가 큰 기린. 다리가 길기 때문이기도 하지만 목이 긴 게 큰 이유예요. 하지만 그 기다란 목을 타고 올라가 뇌에 혈액을 보내야 하므로 선천적으로 혈압이 매우 높아요. 무려 280/180! 그래서 머리를 오랫동안 숙이고 있으면 뇌졸중이 올 수도 있어요. 이런 신체 조건 때문에 뇌 근처에 비어 있는 미세혈관이 있다거나, 고개를 숙이면 동맥이 정맥처럼 변하면서 혈압을 줄일 수 있어요. 또한 뜨거운 태양열로부터 뇌를 보호하기 위해 두개골이 상당히 두껍답니다.

> 나 화나면 혈압 더 높아져.

얼룩말 무늬의 비밀

'검은 바탕에 흰 무늬냐, 흰 바탕에 검은 무늬냐로 오랫동안 논쟁거리였어요. 하지만 털을 모두 밀면 검은 피부가 나오기 때문에, 이제는 검은 바탕에 흰 무늬라는 것으로 논쟁이 일 단락되었지요.
이 얼룩무늬에 대한 다양한 학설이 있어요. 먼저 보호를 위해서예요. 얼룩말은 무리 지어 다니기 때문에 오히려 거대한 한 마리 동물로 보이거나, 반대로 한 마리만 목표로 하는 포식자에게 얼룩말의 무늬는 혼동을 줄 수 있어요. 또한 햇빛을 흡수하는 검은색과 반사하는 흰색 줄무늬의 온도 차로 몸의 열기를 식히는 용도라는 설도 있지요.
지금까지는 아프리카에서 위험한 질병을 옮기는 해충을 피하기 위해서라는 설이 유력하다고 해요.

> 우리가 한 마리게 두 마리게?!

그루밍하는 고슴도치

뾰족뾰족한 가시가 머리 위부터 등까지 빼곡히 난 고슴도치도 털 관리, 아니 가시 관리를 해요.
자신을 보호하기 위해 털이 가시로 변형된 것이라 추측하는데, 이는 가시가 체온을 지켜 주고 털처럼 쉽게 빠지거나 털갈이처럼 가시갈이도 주기적으로 하기 때문이에요.
그래서 고슴도치는 자신의 침을 가시에 바르는 행동을 해요. 이를 두고 기생충을 죽인다거나, 자신의 냄새를 숨긴다는 등 의견이 분분하지요.
하지만 고슴도치에 대한 연구가 부족해, 정확히 어떤 의도로 그런 행동을 하는지 아직은 알 수 없어요.

> 뾰족하게 잘 자라라~

5

카멜레온

역변이 진정 무엇인지 내가 보여 줄 것!

나 어디 있는지 찾았어?

Hi~

안녕? 나 새낀 생후 21일 차 베일드카멜레온이다.

널 보고 있었다.

나 같은 눈, 처음 본다고? 이해해.

빤~~히

볼록

꽤나 놀란 모양이군. 근데 자꾸 어딜 보냐고?

너도 보고, 쟤도 보고.
이쪽도 보고, 저쪽도 보고.

두리번

어떻게
그럴 수 있냐고?

두리번

내 양쪽 눈, 각자 180도
자유롭게 돌아간다.

그래서
난 어디든
볼 수 있지.

두리번

그럼 내 발가락은 몇 개게?

뭐? 8개라고?
틀렸는데~

Follow me~

내가 알려 줄게.

앞발 안쪽 3개,
앞발 바깥쪽 2개.

발가락도
신기하게
생겼지?

뒷발 안쪽 2개,
뒷발 바깥쪽 3개.

앞발

뒷발

꼬옥

말 그대로
집게처럼 벌어지는
발이야.

그래서 난 쉽게 나무에서
떨어지지 않는다.

성큼성큼

유연한 다리,
안정적인 집게발.

나 이런 것도
할 줄 안다~

푸 ～～～ 욱

그리고…… 체조 선수 못지않는 이 코어.

근데 이제 움직이는 속도가 많~~~이 느려.
생각보다 더 느려.

먹방을
시작해 볼까?

파리 발견

헉!

얼만큼 느리냐면…….

나 좀
지나갈게.

얼른
도망가자!

척!

쪼르르

깜짝이야!
내 얼굴에 손 댄
파리는 처음이야.

어이쿠

이건 장난이고, 움직임이 느린 건 맞지만
먹이를 잡을 땐 엄청 빨라.

준비하시고~

봤니?
내 빠른
사냥 솜씨?!

쏘세요!

나 새끼의 혀,
최대 시속 96km이거든.

못 봤다고?
다시 보여 줄게.

혀 끝에 잡힌 파리

53

눈을 한곳으로 모아모아, 거리를 가늠한 후…….

저기 또 내 밥이 오는구나.

밥

잡았다!

어때? 찰떡같이 붙는 거 보이나?

내 머리 위에 뭐 있나? 간지러운데.

나이스 캐치!

혀 끝이 넓은 건, 먹이를 잘 붙이기 위해서야.

나 새끼 킥!!
내 혀는 콜라겐으로 덮여 있어서 접착력이 아주 좋아. 심지어 몸길이의 2배까지 뻗을 수 있지.

이제 여길 봐라.

주목!

으샤으샤

물구나무 서기, 아니야.

곧 나의 숨겨진 다리가 나올 예정이니까.

바로 이 꼬리.
꼬리가 내 다섯 번째 다리다.

꼬불

평소엔 이렇게
말고 있어.

쭉 펴면 길다

꼬리 자르는 건 도마뱀.
내 꼬린 잘리면 다시 안 자란다.

계속 얘기했더니
목마르다.

벌컥

자, 이제……
물을 좀 먹어 볼까?

시원하다~!

벌컥

이슬 먹는 동물, 나야 나.

엣헴~

물을 마셔야
피부가
촉촉하지.

최애 음식은 귀뚜라미, 간식은 밀웜.
과일이랑 채소도 좋아한다고.

내가 자꾸 주변 환경에 따라
색을 바꾼다고 하는데……

맨날 똑같은
소리, 지겨워!

에휴~
아니라니깐!

뭔 소릴 하는 거야……?

더울 때, 추울 때, 겁날 때,
화날 때 등등.

째릿

나 화났쪄!

지금
내 기분은 졸림.
자러 갈래.

하암~

그냥 내 기분에 따라
색이 달라지는 거다. OK?

나 새끼
베일드카멜레온은
생각보다 신경 써야 할 게
많은 동물이야.

온도 췍!

습도 췍!

입맛에 맞는 식단과 생활 환경은 기본
적당한 온도, 습도 체크는 필수.

사실 나에 대한 정보는 많이 없어.

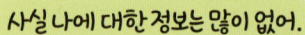

나에 대해
공부 많이 해라~

엉금

낑차

사람마다 말도 다 달라.

하지만 이렇게 작고,

똑똑한 시계에
올라갈 만큼 작아.

대롱

대롱

요렇게 귀여운 재롱도
볼 수 있지.

성격이 예민하지 않아서
좋은 친구가 될 수 있어.

할짝

할짝

이건 또
새로운 맛이네.

예민한 건 너의 몫.

살아 있는 곤충을 주면 되고,

집에
초파리 키워서
주면 돼.

뻔뻔~

사육장 관리가 어렵지 않아서
조금은 편할 수 있어.

깔끔

난 냄새도
안 난대.

사육장 기본 세팅비만 80만 원.
병원비는 나도 몰라. 내가 안 내서.

내가 왜?
내가 뭐?

컹~

난 태어난 지
두 달은 넘은,
좀 큰 애.

귀쫑긋

암튼 난 손가락만 하게 태어났다가
최대 80cm까지 클 예정이야.

이분처럼 말이야!
나는야 역변의 아이콘!

 ♥ 베일드카멜레온 ♥
(Veiled Chameleon)

예멘, 사우디아라비아의 사막이 원산지인 카멜레온으로, 머리가 투구처럼 생겨서 '베일드'라는 이름이 붙었다고 한다. 카멜레온 중 애완동물로 가장 많이 보급된 종이다. 성체는 암컷이 몸길이 30cm, 몸무게 100g정도, 수컷이 몸길이 60cm, 몸무게 170g 정도까지 큰다. 암컷은 1년에 여러 번 알을 낳는데, 한 번에 최대 80여 개를 낳아 몸에 무리가 가기 때문에, 수명이 수컷의 절반인 4년 정도이다.

퍽퍽

나 나왔어요!

알 깨고 나오는 나 새끼야.

아련

옛날 일이다,
알 깨고 나온 것도.
고생했어, 나 자신.

나 새끼도 저런 시절이 있었지.
뭐, 3일 전이지만……

자, 여기를 주목해 보자.
일단 내 털은 아직 민들레 홀씨.

불면
날아간다!

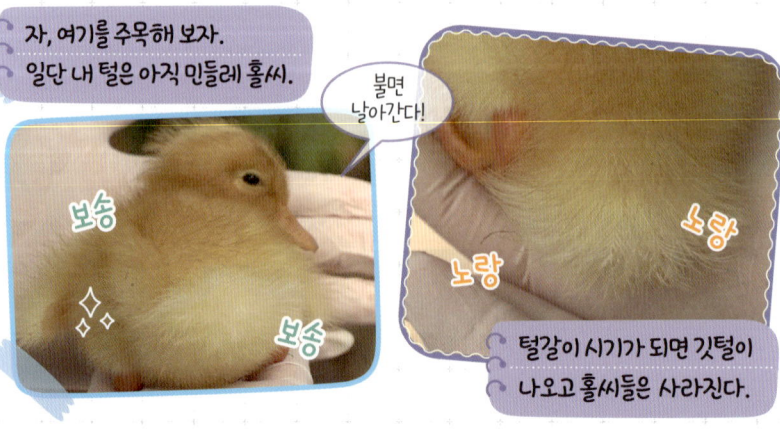

보송

✧

보송

노랑

노랑

털갈이 시기가 되면 깃털이
나오고 홀씨들은 사라진다.

부리에 있는 미인 구멍 두 개는,
사실 콧구멍이고······.

요기

옆모습이랑 앞모습,
분위기 다르지?!

앞모습을 보면 순해 보이지만
뭐랄까······

왜인지 모르게 살짝 열받는 느낌?

쭈굴

뭐?
내가 뭐?
어쩌라고?

야, 날개
내려 놔.

기세등등

나 새끼, 귀여운 척하는 게
아니고, 날 때부터 뒤뚱거렸다.

뒤뚱

뒤뚱

그만 좀
따라 와.

뭐래?
가는 방향이
같은 거거든.

귀찮···

뒤뚱뒤뚱의 비밀은 다리에 있어.

일단 그 유명한 오리궁뎅이.

뒤로 쭉 빠진 엉덩이를 오리궁뎅이라고 한다지?

빵빵

귀욤 ♡

그리고 어이없는 위치에 있는 다리.
가운데가 아니라 뒤쪽에 달려 있다.

오리궁뎅이도 다 이유가 있는 거야.

앞으로 놀리지 말라고!

그래서 가슴을 쭉 내밀어야 무게중심이 맞아.

이제 오덕이들이 환장할 포인트!

그래도 만족해. 귀엽잖냐~

쪼꼼

나름 날개라고 달려 있는 이것.

새침

어른이 되면 훨훨은 아니지만 푸드덕 정도는 움직일 수 있다.

다음은 발. 핏줄부터 발톱,
물갈퀴까지 있을 건 다 있어.

물갈퀴

이건
엄지 발가락!

반짝

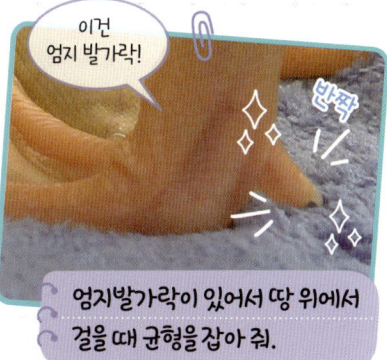

엄지발가락이 있어서 땅 위에서
걸을 때 균형을 잡아 줘.

작은 날개, 완벽한 발로
정신없이 돌아다니는 게 일이야.

내 뒤통수도
좀 볼래? 작고
동그랗고,
무지 귀엽지?

이것은
무엇인고?

우뚝

꺄~

신난다!

나…… 되도록 혼자 두지 마.
사랑이 많은 동물이라고.

어랏,
낮잠 시간
지났어!
빨리 자자!

쌔근쌔근

zzz..zzz..zz

완벽해 보여도
세상에 온 지
3일된 아기야.

zzz...

코~

저렇게 놀다가 누워서 잠든 나 새끼.
원래 새끼들은 갑자기 잔다.

부드러운 털, 깃털, 속털, 뭔 털
할 것 없이 죄다 잘 빠졌다.

우리의 모든 움직임은 부산스러운 편.

장난기 가득★

오리배 3마리 나갑니다!

슝~

말도 많은 편.

걷는 거 너무 신나쟈냐!

밥이 너무 맛있쟈냐!

빡 빡 빡 빡 빡 빡

가만히 있어도 삐약삐약.
튀어나온 입 만큼 할 얘기가 많거든.

삐약

병아리만 삐약삐약이 아니야.

삐약

원래 새 새끼들은 대부분 삐약삐약 거린다.

삐약

밥이다!

냠냠냠

나 새끼 킹!!

갓 태어났을 땐 젖, 조금 지나선 이유식을 먹는 포유류와는 달리, 난생(卵生)인 나 새끼 1일 차부터 엄마랑 같은 밥을 먹는다.

즐거운 맘마 타임!
이거 엄마 밥 아니야. 내 밥이야.

편식하면
키 안 큰대!
날개도 안 커!

콕콕콕

미꾸라지, 각종 벌레, 상추, 배,
과일, 곡물류 등등등.

근데…
뭐 잊은 거 없어?

멈칫

근데… 뭐 잊은 거 없어?

나 새끼 침이 부족하다. 그래서
밥 줄 땐 꼭 물도 같이 줘야 해.

먹는 물에 발 담그기.
본능적인 이끌림이야.

찰방

찰방

67

근데 우리는 아직 3일 차라
수영은 안 돼.

아쉽당

꼬맹이들,
다 나와!
언니 왔다!

버럭

체온 조절이 잘
안 돼서 말이야.

태어난 지 일주일이 넘으면
기름샘이 발달해,
물에 들어가도 안 젖어. 언니들처럼.

7일 차
언니들

첨벙

첨벙

몸에
기름도 안 바른 것들이
어디서 물놀이야?!

헤헷

4일만 기다려.
야, 너두 수영
할 수 있어!

물에서 코의 이물질도 청소하고,
깃도 정리하고, 친구랑 놀고~!

나 새끼 킥!!

나 새끼는 꼬리샘에서 나오는 기름을
온몸 구석구석 바른다. 그럼 털과 깃이
물에 잘 안 젖는다.

우린 잠이나 자자. 빨리 커서 물에 들어가고 싶거든.

자고 일어나면 나랑 놀아 주기다, 약속!

ZZZ...ZZZ...ZZZ

ZZZ...ZZZ...ZZZ

나 새끼는 어릴 때 사랑으로 많이 놀아 주면 사람과 교감도 가능해.

보송보송하게 태어나서,

보송

내 미래는 이분이시다!

빤지르르하게 살아 볼게!

아무튼 난 태어났고, 남은 덕생 놀고 먹고 소리 지르며 살 예정이다.

오리
(Duck)

전 세계적으로 분포해 살고 있는 오리는, 140여 종에 이른다. 벌레를 잡아 먹어 농사에도 이용되고, 털을 얻거나 식용으로도 기른다. 성체는 몸길이 50cm, 몸무게 1~2kg 정도이고, 수명은 최대 20년으로 긴 편이다.
머리가 상당히 좋고 호기심이 많다. 무리 생활을 하기 때문에 혼자 있을 때는 하루 종일 울 수 있다.

나 새끼
만물상점

♥ 오리 스마트 워치 ♥

아침에 일어날 때나 해야 할 일,
중요한 약속이 있을 땐, 스마트 워치에
입력해 두세요. 꽥꽥! 알람이 울리며
오리가 일정을 알려 줄 거예요.

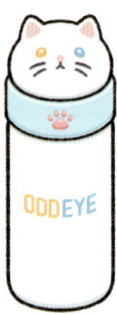

♥ 오드아이 물통 ♥

물통 안의 물이 따듯한지 차가운지 알 수 없을 땐
뚜껑에 있는 오드아이의 눈을 보세요.
시원한 물이 담겼으면 눈동자 색이 파란색,
따뜻한 물이 담겼으면 주황색으로 빛이 날 거예요.

♥ 고슴도치 말랑이 ♥

뾰족뾰족한 가시가 있는 말랑이?!
손으로 덥석 잡기에 겁이 난다고요? 걱정 마세요.
가시도 말랑, 몸도 말랑~ 보드라운 말랑이랍니다.

귀여운 아기 동물들을 보고 있으면
함께 뒹굴뒹굴 놀고 싶기도 하고,
주머니나 가방에 쏙 넣어 다니며
항상 옆에 두고 싶어져요.
함께 하고 싶은 동물 모양 물건을
선물 가게에서 골라 보세요.

♥ 말라뮤트 비치가운 ♥

재미있는 물놀이 후, 또는 집에서 목욕한 후에
물기를 닦을 수 있는 비치가운이에요.
부드러운 털이 풍성한 말라뮤트처럼
포근한 가운으로 몸을 감싸면 물기도,
추위도 걱정 없어요.

♥ 기린 사이드 테이블 ♥

맛있는 간식이나 리모컨, 휴대 전화처럼 자주
사용하는 물건을 올려놓을 수 있는 테이블이에요.
앉아 있을 땐 짧게, 서 있을 땐 다시 길게!
기린의 목을 필요에 따라 늘였다가 줄였다 할 수 있지요.

♥ 알파카 팝잇 ♥

알파카의 몽글몽글한 털이 팝잇으로
변신했어요! 손가락으로 하나씩 누르면
뽁뽁뽁! 재미있는 소리가 난답니다.

7 시츄

> 난 멍청하지 않아.
> 다만 귀찮을 뿐.

녹아내린 초콜릿 떡……?

> 떡이라닛!

발라당

벌러덩

> 우리로 말할 거 같으면~~

꼼지락

꼼지락

이 묵직한 바디감, 육중한 꿀렁임.
그리고 앙증맞은 제스처.

우리는 태어난 지 22일 된
시츄 삼 형제라네.

이렇게
인사해서 미안해용.
아직 잠이 안 깨서….

귀찮

ZZZ…ZZZ…ZZ

잠 깨는 동안 우리가
입은 옷 좀 볼래?

하얀 볼레로, 그리고 흰 양말.

이거

볼레로? 짧은 카디건 같은 거 말이야.

요거

깔 맞춤으로 준비했어.

여긴 어디?
난 누구?

아까 분명
엄마 옆에서
잠들었는데?!

몽롱

가만히 있어도 귀여움이 한도 초과인
나 새끼에 대해 알려 줄게!

꼬리펠러 가동!

타다다다다

오~~
뜬다, 뜬다!

슈웅~~~~

꼬리펠러를 힘차게
움직여 이륙합니다~

누운 김에
더 자자.

시무룩

뱃살 때문에
날지 못해
슬픈 시츄….

하지만 뱃살 이슈로 꿈나라에
불시착했다고 한다.

귀여운 김에 내 얼굴 자랑 좀 하고 가지.

동글동글

댕글댕글

코딱지만 한
콧구멍은 보너스!

동글동글 얼굴에
납작한 코와 주둥이.

74

응? 자냐고?

안 자거든?!

자게?

안 자게?

훗

눈을 감고 있다 착각하겠지만
말 그대로 착각일 뿐.

털에 가려서
그렇지, 내 눈
엄청 크다구.

메롱

자세히 들여다보아야
그윽한 내 눈.

착한 사람에게는
잘 보인대.

반짝

반짝

이 눈은 점점 커져서,
종착지는 왕사탕이다.

나란 새끼, 잘 때도 눈 뜨고 잔다.

졸리면 왠지 야비해지는 나의 눈.

울엄마야. 예쁘지?

Hi~

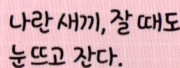

째릿

나 새끼 킥!!

큰 눈으로 온갖 감정을 표현하지만, 눈이 큰 탓에 안구 질환의 위험이 높다.

근데 이제 아프다는 티를 전혀 안 내는 타고난 순둥이.

순둥

순둥

엄살도 없답니다.

나는야 진짜 싸나이!

하암~~~

그러니 평소에 신경 써 주라~

뿌잉☆

고로 아파서 병원 갔을 땐 심각한 상황이 되어있는 거야.

나 새끼는 240g으로 태어났는데, 엄마의 살신성인 덕에……!

꼬물 꼬물

숫자 못 읽음.

어디 보자, 내 몸무게가 몇이라고?

3주 만에 3배 증량 성공!

머리가 큰 아기 동물들을 조롱이떡이라고들 하지.

댕글댕글

오동통~~

어떠한 조롱이떡보다 묵직한 나의 바디.

그중 최고봉은 바로 이 뱃살.

지금만 이렇게 뚠뚠할 거 같지?

오~~ 경기도 오산 같은 소리!

귀차 니즘의 최고봉인 나 새낀, 남들 캣타워 돌릴 때 눈동자 굴리기로 체력 소모한다.

척

더 이상의 운동은 거절하겠다.

동네 한 바퀴면 하루 산책량 충족!

77

삼 형제 중 독보적인 활동량을 갖춘,
나 새끼의 주특기는 배밀기.

취미는
바닥 청소?

질질질

나 새끼 킥!!

뱃살이 많아서가 아니라, 다리
힘이 부족해 배로 밀고 다니는 것.
한 달 지나서부터 슬슬 다리에
힘이 들어가기 시작하지.

옴은 동글, 얼굴은 밍숭하게
보이겠지만,

운동했으니
누워서 좀
쉬어야지.

노곤~

우리 시츄, 소심적엔
말이야······.

금이야, 옥이야 대접 받던
중국 황실 출신의 원조 꽃개라는 말씀.

샤방~

지금은 아이돌
못지 않는 미모
뽐내는 중!

천의 얼굴을 가진 나 새끼는 사실
얼굴보다 마음이 더 예쁜 강아지야.

댕댕~

근데
말이야….

아, 맞다!

가끔 똥을 먹어.

수슥

엄마는
배변 유도 중

깽깽

평소에 왈왈거리는 대신
분뇨 먹는 걸로 분노 표현하는 편.

으앗,
딱 걸렸다!

찍지 마!

언제, 어디서 분뇨를
즐기고 있을지 몰라.

사랑스런
우리 빵실이들 ♡

배 방구
10번 해 주면
똥 안 먹지~!

야, 비켜 봐.

엄마,
나도 배 방구~

꺄르르~

하지만 조용하고 온순해서
육아 난이도가 0에 가까워.

근데 이제 착하다고 방치,
순하다고 유기.

착한 게 죄는
아니잖아?

속땅해…

멍무룩…

힝…

미리미리
건강검진을
추천합니다!

그리고 조심해야 할 건,
비만, 무릎뼈 탈구,
연골형성이상증,
건성각결막염, 백내장,
기관지 협착증, 유루증,
단두종 증후군,
치주 질환, 외이도염증,
신장 질환, 요로결석,
등등등……

나도 이렇게
스트레칭 할게.

1, 2, 3, 4, 5!
다 했다, 끝!

주인님,
열심히 일해용 ♥
파이팅!

쭉쭉

이얍!

암튼 우리는 요따만 하게
태어났다가,

낑낑

쿠울~~~~~

난 사실
뜬뜬한 것도
아녀~

말랑말랑 뜬뜬한
조롱이떡이었다가,

달콤 고소한 초콜릿 떡이 되는
우리의 미래는……

사진 찍는다고
미용실 다녀왔어.
예쁘지?

올망졸망

꽃미모

바로 이 분이시다. (feat. 울엄마)

♥ 시츄 ♥
(Shih Tzu)

원래 티벳에서 유래했으나 페키니즈와 교배시켜 중국 황실 전용견으로 키웠다는 설
이 있다. 성격은 온순한 편이며, 공격성이 낮고 사납게 짖는 일이 적지만 고집 또한 만
만치 않다.
성체의 몸길이는 25cm 정도, 몸무게는 4~7kg 사이다. 신체적인 특징으로는 눈이 굉
장히 크고 주둥이는 짧고 납작해 시츄를 몰라보는 사람이 없을 정도다.

일단 인사는 할게. 난 기린 새끼야.

이얍

몸무게는 70kg 좀 안 되나?

길

쭉

근데 이제 태어나자마자 키가 180cm.

그렇게 안 보인다고?

키가 너무 커서 얼굴이 잘렸네.

쟤 엄마

이 몸 등장!

두둥

울엄마보다는 작지만….

엣헴

울엄마 키가 5m 정도? 목만 2m래. 내 키만 하지.

다 자란 사육사 형 만큼 크지?

갈까? 말까?

이리 와~

안 가지롱!

휙!

도망가자!

꺄하!

원래 새끼들은 말을 듣지 않지. 후훗.

오늘의 키 재기를 해 볼게. 얼마나 자랐나 확인해야 해.

아직 쪼꼬미네.

피식

키 재기

음, 이제 2m가 넘었나.

이래 봬도 나 진짜 태어난 지 얼마 안 됐거든. 26일밖에.

그치, 엄마?
엄마가 그랬지?

물끄럼

엄마가 봤는데, 난 태어나자마자
서고 걸었대. 완성형인 나란 새끼.

대체 내가 무슨 생각을
하는지 모르겠다고?

콧구멍과 입술에도
표정이 숨어 있다.

흥!

너넨 알 수 없겠지.

똑같아 보이지만
복잡 미묘한 차이가 있다.

멍~~

여기가
간지러웠어.

지금은 일단
아무 생각이
없고….

이건 개운한 표정.

긁적긁적

이 표정은 진지.

뷔~~

이건 뭐~게?! 맞혀 봐.

표정은 이제 됐고,
평소 보기 힘든 걸 공개할게.

앗, 콧구멍
후비는 거
들켰다!

휑~

혀로 코 파기

세계(?) 최초로 정수리 공개!
내 정수리, 처음 보지?

기린 뿔은
피부로 덮여 있지.

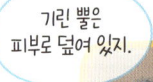

귀여운 머리엔 귀도 있고,
고깔 과자 2개도 있다.

나 새끼 킥!!

암컷의 뿔은 털에 덮여 있고, 수컷의 뿔은
털 없이 크고 단단하다.

뭐 하니?
내 눈을 좀 보겠니?

그윽

그윽

생후 26일 차의 깊고 그윽한
나 새끼의 눈.

그 아래엔 7km까지
내다보는 저 세상급 시력.

길~~쭉

풍성

비결은 속눈썹이다,
이 말이야.

긴 데다
숱도 많아.

잠깐만. 이 썩은 내……
누구야?

이상한
냄새가 나니
콧구멍 닫아야지!

킁카

꾹

24시간 풀가동 중인
내 코는 여닫이야.

내 자랑 하나 더 하고
싶은데…… 해도 될까?

빼꼼

나 새끼 혀의 마력.
보여 주고 싶었어.

날름날름

내 혀는 40cm.
입 안에
숨겨 뒀어.

자랑할 게
너무 많네.

롱~

롱롱~

아니, 다리 말고.
내 다리 긴 거 다 알지 않나?

내 기럭지의 반을 차지하는
긴 목의 자랑도 시작하지.

긴 목
얘기하기 전에
잠깐!

샤방~

낭만적이지 않니? 화이트와
베이지의 조합. 자유로운 이 무늬.

암튼 내 목은 엄청 길어 보여도,
목뼈 개수는 사람이랑 똑같은 7개.

이렇게
먹는 거야.

오물오물

네, 엄마.

냠냠

위에 달린 잎이
더 맛있지, 왜?

파릇

파릇

긴 목으로 높은 나무에 있는
잎사귀도 따 먹고, 네킹도 하고.

나 새끼 킥!!
'네킹'은 목을 부딪히며 싸우는
행위로, 우린 네킹을 통해 힘을
겨룬다.

땅에 머리를 가까이하면 뇌졸중 위험.

수구리

나 새끼 혈압
280/180이래.
암튼 무지 높은 거야.

죽은

근데 목이 길어 아픈 동물.
선천적 고혈압.

쩍벌을 할 수밖에 없는
신체 구조다, 이해 바람!

사실 나 새끼 가느다란 기럭지로 인해
체력 개복치로 오해 받곤 해.

척추기립근
보이니?

우뚝

근데 드러나지 않은
잔근육이 진짜거든.

체력 스펙은 하마, 코뿔소와 동급.

이게 바로
외유내강!

순진

순둥

뒷발차기,
목휘두르기 등등.
주특기도 많다.

눈만 보면 느려 보여도,
공격 속도만큼은 최상위권.

아가,
들어가자~

총총총

근데 이제, 서식지의 90%가 사라져
야생 기린은 약 11만 마리뿐.
자연에서 영영 사라지기 전에
기린 보호에 동참해 오래 오래
보길 바라!

네~ 나는
착한 기린이~!

90

아무튼 난 태어났고,
앞으로 아주 아주 길어질 예정!

그리고 미소 천사가 될 예정!

목도 이렇게 길고 유연할 예정!

배시시~

#

내 미래는 울엄마시다.

나중에 커서 너도 엄마처럼 될 거야.

지금도 엄마랑 똑같은 거 같은데?

Ctrl+C

Ctrl+V

♡ 기린 ♡
(Giraffe)

큰 키와 기다란 목으로 유명한 기린은, 현존하는 땅 위 동물 중 키가 제일 크다. 야생에서는 건조한 아프리카 사바나 지역이나 사하라 남쪽에 서식한다.
태어날 때는 1.8m 정도지만 다 자라서는 4~5m 만큼 자란다. 몸무게는 1t 내외.
초식 동물이지만 체격이 워낙 커 무시무시한 공격력을 자랑한다. 특히 뒷발에 제대로 맞으면 목숨을 잃을 정도라 한다.

나 새끼
별별 닮은꼴

♥ 오리를 닮은 오리 너구리 ♥

네가 날
닮았다며?
형님으로 모셔라.

오리의 부리와 발을 쏙 빼닮은 오리너구리. 하지만 조류인 오리와 달리 오리너구리는 포유류예요. 오리와 전혀 연관이 없는 동물이란 뜻이지요. 생김새부터 독특한 오리너구리는 동물 중에서도 특이한 점이 매우 많은 동물이에요.

일단 포유류인데 알을 낳아요. 그리고 알에서 깬 새끼들은 어미의 젖을 먹고 자라요. 난생과 태생의 특징을 모두 가지고 있는 셈. 또한 오리너구리의 부리는 여러 가지 기능이 있어요.

부리 끝에는 전기를 받아들이는 세포가 있어서, 작은 동물들의 전기 신호를 감지해 사냥해요. 그리고 체온 조절을 하기 위해 부리에 혈액을 흐르게 하고, 물속에서 생활하기 편하도록 발가락 사이에는 물갈퀴도 있지요. 포유류임에도 발톱에는 독이 있다는 것도 오리너구리의 특이점이랍니다.

내 친척들은
화석으로 있을 만큼
오래됐거든.
내가 형님이시다!

♥다리만 얼룩말, 오카피♥

여러 동물의 특징을 섞어 놓은 듯한 오카피는 동물원에서도, 야생에서도 잘 볼 수가 없어 '전설의 동물'이라 불려요. 예전에 아프리카를 탐험하던 유럽 사람들은 '아프리카 유니콘'이라 불렀다고 해요. 아프리카 콩고 지역이 유일한 서식지인데, 열대우림 깊은 곳에서 살기 때문에 찾아보기가 매우 힘들거든요.

난 콩고의 지폐에도 나오는 유명 동물이야.

다리의 무늬가 얼룩말과 똑같아서 얼룩말의 친척쯤 되나 싶지만 사실은 기린과 가장 가까운 '기린과'의 동물이지요. 몸길이는 2.5m, 몸무게는 300kg 내외로 몸집이 크고, 수컷은 머리에는 15cm 정도인 뿔이 있어요. 청각과 후각이 매우 발달했고, 혀는 60cm 정도로 매우 긴데, 긴 혀는 기린과의 특징이라고 해요.

♥가시 있는 동물들, 나와 봐!♥

가시가 있는 동물, 하면 가장 먼저 떠오르는 것은 고슴도치예요. 하지만 고슴도치 말고도 몸에 가시가 잔뜩 나 있는 동물이 또 있답니다. 바로 가시두더지와 호저예요. 가시두더지는 고슴도치와 다른 종이지만 굉장히 비슷하게 생겼어요. 오히려 오리너구리와 함께 '단공류'에 속하는 동물이지요. 오리너구리의 부리처럼 가시두더지의 가시는 전기를 느낄 수 있고, 체온이 33℃로 오리너구리 다음으로 낮은 동물이지요. 몸길이는 35~50cm로 고슴도치보다 훨씬 커요. 몸 색은 짙은 갈색, 이빨이 없는 대신 혀가 길고, 귀는 긴 가시에 파묻혀서 잘 보이지 않아요.

난 가시두더지. 겉모습만 보고 고슴도치라 하지 마~

그리고 호저라는 설치류 동물의 등에도 가시가 있어요. 열대 기후의 아시아와 아프리카, 미국에 서식하는 야행성인 초식 동물이에요. 고슴도치의 가시와 달리 잘 빠지는 데다 한 번 박히면 뽑기가 힘들어요. 호저의 가시도 털이 변형되어 만들어졌지요.

9

우파루파

분홍의 끝판왕!

슈웅~

안녕? 본투비 웃상인 나는,

이거 봐라~

얍!

반가워!

히히~

태어난 지 47일 된
우파루파 새끼.

나 새끼는 멕시코에서 왔어.

멕시코는 미국 아래에 있는 나라야.

올라~ Hola~

그래서 멕시코 도롱뇽이자, 우파루파로 부르지만······.

내 진짜 이름이 뭐~게?!

히힛!

동동동

진짜 이름은 '에스파뇰로 오홀로테' 영어로는 악솔로틀, 한국어로는 아홀로틀.

그냥 우파루파라 불러도 돼.

둥실~

둥실~

이름이 참······ 내가 부르기에도 어렵네.

나 새끼 킥!!
'우파루파'라는 명칭은 일본에서 원래 이름인 '아홀로틀'을 상업화하면서 붙인 이름이지.

이제부터 내 핑크 매력에 빠져 봅시다!

분홍 분홍의 대명사인 나 새끼. 닉값 Go, Go!

부농

부농

부농

첫 번째 나의 핑크!

앞발가락 네 개

뒷발가락 다섯 개

봤니? 섬섬옥수 내 발가락. 베이비 핑크~

짜잔!

두 번째 나의 핑크!

살랑

꼬리는 연~하다 못해 투명한 핑크~

분홍으로 점점 진해지는
몸통을 거쳐,

사실 눈 빼고
온몸이 핑크야.

그라~~~~~데이션

아가미는 레알 찐! 핑!

이 정도면
핑크 매력,
인정?

모든 우파루파가 다 핑크는 아니야.
갈색, 검은색, 금색, 알비노도 있지.

핑크 요정

난 성체가 되기 전!
곤충의 애벌레 정도?

난 알 속에
있는 배아야.

귀욤

귀욤

꼼지락

사실 배아 때는 온몸이 투명해.

유생 시기부터
분홍 분홍해지기 시작.

나 새끼가 2주 차였을 때도
아직은 연한 딸기 우유 빛.

아가미에
분홍색 줄무늬가
포인트!

양증

쪼꼬미

개구리가 올챙이 시절
모른다는 말은 쉿!

여길 보면
되나?

두리번

두리번

흠... 어딜
봐야 하지?

우리는 어른이 돼서도 올챙이 시절을
평생 잊지 않는 순정파 도룡뇽.

그래서
'피터팬 도룡뇽'이란
별명도 있어.

히죽

나 새끼 킥!!

나 우파루파는 유생 시기를
유지한 채 자라는 '유형성숙'의
대표적인 개체다, 이 말씀.

손가락도
이렇게 펼 수
있다!

보다시피 순정 결정체인
나 새끼는,

여기

너~~ 아까
드라이 쉬림프 먹었지?

헉!
어떻게 알았어?

흰~

흰~

아참!
우리가 뭘 먹고 사는지
궁금하지?

방금 뭘 먹었는지 확인 가능한
씨스루 바디까지 보유했어.

요 하얀 것들이
드라이 쉬림프

냠~

2주 차 우파루파는
드라이 쉬림프를 먹고,

꿀꺽

모기 애벌레인
장구벌레

나 새끼는 냉동 장구벌레.

99

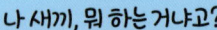

나 새끼, 뭐 하는 거냐고?

호잇!

히히!
재밌다!

둥실

먹을 거 앞에서만
뛰기 시작하는 내 몸.

오잇,
장구벌레다!

뇸 뇸 뇸

점핑

내 밥이다,
내 밥! 신난다!

멈추는 법 알려 줄 사람?
어디 없니?

나 새끼는 평생 물속에서
사는 운명.

둥실

너네도
공기청정기
있잖아.

암막 커튼
있을까?

부릅

편안한 호흡하며 살 수 있게
여과기 한 대 놔 주길.

눈꺼풀이 없어 24시간 뜬 눈이니,
가끔 불빛도 꺼 주고 그래.

만화에서 튀어나올 법한 외모인 나 새끼. 근데 만화보다
더 만화 같은 내 능력 한 발 남았다. 바로 신체 재생 능력!

옹기

종기

팔, 다리, 뇌,
심장까지 전부
재생할 수 있어.

세상에서 제일 신비로운
도롱뇽이지.

나 새끼 킥!!

사실 나 새끼는 애완용으로 많이 키워서 그렇지, 야생에는 많이 없어. 멸종 위기
사이테스 2급으로, 야생에서는 판다보다 귀한 몸!

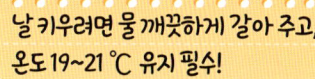
날 키우려면 물 깨끗하게 갈아 주고,
온도 19~21 ℃ 유지 필수!

작은 물고기를
잡아먹을 수 있으니
합사는 안 돼!

바동   바동

수온이 높으면
내 핑크 핑크한
아가미가 녹으니
꼭 지켜 줘!

제때 장구벌레만 주면, 10년 동안
분홍 요정의 축복을 내려 주지.

암튼 우린 태어났고, 귀여움이
끝없이 반복될 예정이야.

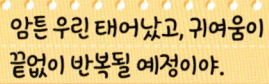

나는야
미쇼 천사♥

뿌잉   뿌잉

난 소심하고
겁 많은 편.
그렇게 생겼지?

배시시

내 미래는 바로 이분이시다!

♥ 우파루파 ♥
(아홀로틀 Axolotl)

멕시코 중부에 위치한 호수에 서식하는 점박이도롱뇽과의 일종이다. 성체가 되면
30cm 내외까지 크며, 실지렁이나 장구벌레(모기 유충), 작은 물고기 등을 잡아먹는다.
우파루파는 성체가 되어도 겉아가미가 퇴화하지 않고 남아 있으며, 물속에서만 살 수
있다는 것이 일반적인 도롱뇽과 다른 점이다.

오드아이
고양이

예쁨이 두 배!

새하얀 민들레 홀씨 같은 솜털.

젤리 안 보여 주면
서운하겠지?

한들   한들

쪽득

말랑

눈에는 파랗고 노란 구슬.
깔별로 장착!

내 눈이
궁금하다면
집중해서 보도록!

샤랄라~~

흥!!!

모델같은 아리따운 외모.

나 새끼는 태어난 지
두 달쯤 된 오드아이 코숏.

코숏이
뭔지 알지?
코리안 숏헤어.

꼿꼿

부담;;

정확한 내 생일은 몰라.
갓 태어난 사진도 없어. 왜냐고?

나 새낀 헬스장 건물 천장에서
살고 있었어. 위험했지.

도대체
날 어디로
데려가는 거냥?

꼬질

캬앙!

내가 왜
여깄는지
몰라~

냥빨 당했어.
얼른 털
말려 줘!

열 재는 중

좋은 분들한테 구조돼서
병원에서 검사 다 받고,

말끔

안전하고 따뜻한 집에서
살고 있지.

먼지투성이였던 내가 알고 보니
초미묘냥이었던 것이었다.

나도 내가
이렇게 예쁠 줄
몰랐지.

초롱초롱

이렇게 예쁜 얼굴에,

얍!

얍!

잡혀랏!

잡았다!
놓치지 않을
거예옹.

꼬옥

화통한 성격까지!

한눈에 뿅~ 반한 지금 집사네 집으로
입양되었다는 사실!

아름다운
이야기야.

감사♥

내가 특별히 말해 주는 고양. 잘들어야 하는 고양.

주저 주저 부끄

지금보다 며칠 더 어렸을 때, 라떼는 말이야……

이불에 쉬야 실수도 했거든?

그치만! 이제는 쉬야 완벽히 가리기 달묘가 되었으니!

너만 고양이 없어? 정말?

에헴

그 기념으로 예비 집사인 당신들에게 냥꿀팁을 전수해 주겠어.

화장실은 일단 입구 턱이 낮은 걸로 부탁~

우리 아기들은 아직 숏다리잖아.

뒤적뒤적

그리고 화장실 안에 미리 응아를 넣어 두는 것도 꿀팁이다.

나 새끼 킥!!

배변 실수했을 때, 소리를 지르거나 위협을 주면 절대 안 돼. 배변 행동에 대한 벌이라 인식해 화장실 가는 것 자체를 참을 수 있어.

묘생 2달 차,
아직은 모든 게 신기하다.

한 번 물면
멈출 수 없어!

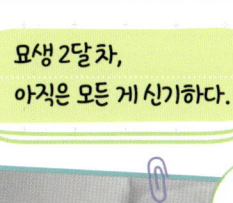

낚싯대?
당연히 짱
신나고요.

집중

난리법석

가방? 이건 못 참지.

무한동력! 넘치는 에너지!

지금
뭐 하냐고?

휴, 왕복
10회 완료!

번쩍

정말이지…
내가 봐도 난 정말
잠시도 가만히 있질
않는구나.

동동동

슉슉슉

그리고 나름 고양이라고,
완벽한 자세로 꽤 열심히 하는 그루밍~

근데 말이야, 이쯤 보다 보니까
궁금하지?

바로 바로
내 눈의 비밀!

영롱

반짝

엄마냥

애 맞음

난 치즈냥~

우리 가족 사진이야. 딱 보면 알겠지만,
눈동자가 나만 달라.

오드아이, a.k.a. 홍채이색증.

눈동자 색이
다른 걸
오드아이라고 한대.

노랑

파랑

병은 아니야.
시력에 이상 없이 잘 보여.

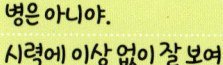

난 네가
뭘 하는지
다 보인다냥!

나 새끼 킥!!

멜라닌 색소가 적을수록 푸른빛,
많을수록 갈색빛을 띠어.
양 눈의 멜라닌 색소 농도가 달라
다른 색이 되었지. 고양이나
개, 드물게는 사람에게도 나타나.

오묘~하고 신비롭고 예쁜 이 오드아이
눈에도 주의점이 하나 있다.

나랑 놀아 줄 거
아니면
저리 비켜 줄래?

흥

칫

핏

파란 쪽 눈과 같은 쪽 귀가
난청 가능성이 높다고 해.

난 아직 검사를
안 해 봐서~

난 이쪽!

난 잠깐
잘게~

쿨~

일반 고양이에 비해 2배의
확률로 청각 장애를 가져.

그러니까 미리미리
병원에서 체킷 체킷~!!

111

암튼 나 새끼는 우리 집
언니 보면서 열심히 배우고,

내려올 때는
버벅대지 말고
한 번에!

언니미
뿜뿜

네, 언니!

잠깐, 잠깐!
아직 끝난 거
아니라옹!

집사와도 행복하게 뒹구르르하며
행복한 묘생 살아갈 예정이야.

반짝

반짝

앞으로 내 눈동자처럼
반짝반짝할 나 새끼.

따라오지 마.
츄르 먹으러
갈 거얌.

멈칫

나는 요즘 맨날
맛난 거 많이 먹고,

언니랑 같이 잠도 푹 자고,

진짜 울언니는 아니지만 진짜 울언니처럼 좋은 언니얌.

엄마 못지않은 사랑으로 폭풍 그루밍도 받으며 쑥쑥 커서,

날름

예쁨도 두 배, 사랑도 두 배 💗

데헷!

언니야, 나 예뻐해 줘서 고마워.

요래 됐습니당!

♥ 오드아이 고양이 ♥
(Odd eye Cat)

'오드(odd)'는 영어로 '이상한, 홀수의, 외짝의'라는 뜻으로, 두 개의 눈동자 색이 다른 고양이라는 뜻이다. 오드아이는 주로 흰 털인 터키쉬 앙고라 고양이나 개 중에서는 시베리안 허스키에게서 종종 볼 수 있다.
홍채 세포 이상으로 나타나는 현상으로, 시력에는 이상이 없다. 한쪽 눈은 파란색이고, 다른 한쪽 눈은 노란색이나 라임색, 갈색, 주황색 계열의 색으로 보인다.

나 새끼 친구들

아프리카 왕달팽이

세상에서 가장 느린 인터뷰!

내가… 보여?

느릿 느릿

지금부터…… 놀라지 마.

부끄러워서 눈은… 보지 말아 줘.

부끄

부끄

잠깐 쉬었다 가야지.

느릿 느릿

나 새끼 인터뷰 중……
가장 느린 인터뷰를 할……
예정이니까.

그래. 우리는…… 아프리카
왕달팽이…… 새끼다.

사진 좀
잘 찍어 봐.
난 흐릿하잖아.

예잉~

왕달팽이인데
왕 작아서
왕 귀엽지?

안녕?

그것도 무려……
태어난 지 60일 된…….

등껍질
줄무늬가
포인트!

안에
숨었음!

엣헴

우리의 크기는…… 쪼꼬미……
미니어처라 생각했지?

맞아. 우리는……
겁도…… 많고,

어떡하지?
무서운데!

일단
집 안으로
숨자!

쏘옥

당황

아몬드 한······ 알맞 한
크기긴 해······.

스윽

아몬드
너무 큰 거 아냐?!

먹이 그릇에······
쏙······ 들어가는 사이즈.

난 아몬드!

난 요기요

어떤 게
아몬드~게?!

나 찾아봐~라!

침대 아니야······
오해하지 마······.

★팽 하우스★

좀 큰 달팽이

근데 나······ 새끼의 거주지를 봐.
멋지지 않니?

폭신폭신 촉촉······ 흙도 있고······.

미끄르르

미끄럼틀도…… 있고,

하늘다리도…… 있다.

거꾸르르

난 안 떨어지지롱~

그런데…… 그거 알아?

냠냠

난 밥 먹는 중.

난 밥 먹으러 가는 중.

슬금

반 년만…… 지나면,

이름처럼…… 와앙~~ 커진다.

큼직

나도 저럴 때가 있었지.

어이쿠, 너무 커서 고개를 못 들겠네.

쪼끄미

우리는 무려…… 40cm까지
왕 클…… 예정.

왕 커도
왕 귀엽지?

부끄

부끄

커도 부끄러운 건……
마찬…… 가지야.

사실…… 내 진짜 집은
요 패각……이시다.

패각,
한자로 貝殼.
조개껍데기라는
뜻이야.

내 집,
예쁘지?

난 청순 베이지에
잔잔한 줄무늬.

난 고독한
딥브라운에
터프한 얼룩점.

내 집이니까
조심히 다뤄.

은은~

박력!

속속

패각으로 색을…… 구별하기도 해.

120

아, 맞다. 계속……
신경…… 쓰였지, 이거?

없다!

팔이라고?
아닌뎅~

있다!

다들…… 더듬이라고
알고 있지…….

근데 이거…… 촉각……이당?!
그럼 촉각은…… 모두 몇 개일까?

여기
조기
정답이
나와 있군.
요기
조기

맞아. 총…… 4개야. 짧은 건 소촉각,
긴 건…… 대촉각이라고 해.

나 새끼 킥!!

소촉각은 후각을 느끼고, 대촉각은
시력을 담당해. 대촉각 끝에 작고 검은
동공이 존재하지만 시력이 좋지 않아
명암 정도만 판단 가능해.

너 무슨
색이니?
더듬
더듬

너 거기…… 있구나? 난 여기……
있지. 이 정도……는 알 수 있어.

아, 벌써 밥…… 시간이군.
여러분은 음(식)…… btq가
어떻게…… 되니?

이거
초장 아니고,
젤리얌.

맛있는
냄새닷!

I am…… 잡식이에요.

배고팡

츄왑츄왑

같이 먹는
팽이가 엄만가,
언닌가?

뭘 먹을까?

젤리

아몬드

호박씨

젤리

코코넛

오물오물

그래도 주식은…… 채소.

이렇게 많아도 우리……
음식 가려. 각자 좋아하는……
음식이 다르거든.

밀웜? 벌레?
나 비위 약해.
안 먹어!

나도
같이 먹자.

잣? 콜!

퉤!!

냠냠

팽이마다 선호…… 하는 걸
꼭 찾아 주길…… 바라.

122

우릴 키울…… 생각이 들었어? 그렇다면
꼭…… 준비해 줘야 하는 게…… 있지.

나 보여?

난
안 보일걸?

꼭꼭
숨어랏!

그건 바로…… 사육장!

넓~~직

이왕이면
왕 넓은 걸로.

오똑

왜냐고……?
아까…… 말했잖아.

지금은 쪼꼬미……지만
짱 커, 아니…… 왕 커진다고.

맘마
더 먹고 와라~

후훗

나도 곧
왕 커질 거얌.

씩씩!

그리고 무조건⋯⋯ 뚜껑 있는 것으로.
탈출한단⋯⋯ 말이다.

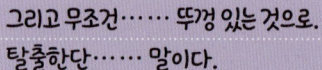

멈칫

윽, 걸렸다.
탈출 실패!

나 새끼 킥!!
뚜껑이 없으면 달팽이가
탈출할 수 있어. 탈출 시
빠르게 발견하지 못하면
달팽이가 마른다고!

아, 그리고 촉촉한⋯⋯ 보습감
유지 또한 꼬옥⋯⋯ 해 주면 돼.

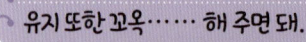

냉수보단
정수 ♥

촉촉

축축

습도는
70% ♥

어려운 건 아니고⋯⋯ 하루에
두세 번 분무기로 사육장⋯⋯
내부에 물을 뿌려 주면⋯⋯ 돼.

사랑해 ♥

자웅동체이기에⋯⋯
우리 둘만⋯⋯ 있어도 우리가
탄생이⋯⋯ 돼 버려.

그리고 가장 중요한 거⋯⋯
우린 번식력⋯⋯ 대마왕.

달팽이알

우리는 귀염 뽀짝……
반려…… 달팽이지만,

먹을 것도
안 먹을 것도
다 먹어서
그렇대. 미안.

종기

옹기

야생에서 …… 생태계
교란종이야. 방생…… No, no!

여튼 우리는…… 태어났고,
앞으로도 꿈틀…… 꿈틀
평생할 예정.

어른
손바닥만 한,
왕 큰 크기!

꿈틀꿈틀

꼼틀꼼틀

평생?
달팽이생~

나 미래는 바로, 바로 ……,
바로 왕 큰 분……이시다.

♥ 아프리카왕달팽이 ♥
(African giant Snail)

동아프리카에 서식하는 달팽이의 한 종류로, 다 자라면 패각은 7~8cm, 몸은 20cm
까지 자란다. 성인 손바닥 만큼 커서, 전 세계에서 가장 큰 달팽이 중 하나이다.
대표적으로 세 가지 색을 띄고 있어 백와, 금와, 흑와로 구분해서 부르지만 교배하면
색이 섞인 달팽이가 나온다. 적응력이 강하며 사육 난이도도 낮아 애완용으로 키우는
사람이 많다.

12 얼룩말

얼굴은 선녀, 몸은 나무꾼!

딴짓 중

나 찍고 있어?

어우야~

얘길 하지, 빗질이라도 하고 나오게.

이번 주인공이 혹시 나……?

엄마, 엄마! 내가 주인공이래!

난리

법석

나 알지?
알파벳 배울 때
z는 꼭 나왔거든.
Zebra~

엣헴

나는 말이야, 태어난 지
두 달된 얼룩말 새끼다.

난 엄마.
우리 애 찍어 줘요.

히힝~

그럼 나 새끼 서운해.

얼룩말, 하면 애니메이션에
나오는 얼룩말을 떠올리겠지?

쳇!

걔는 좀 많이
코믹한
스타일이잖아.
주책바가지.

버럭 버럭

잘 좀 찍어 봐.
얼굴 잘리잖아.

나 새낀 확실히 다르지.
이제부터 보여 줄게!

여긴 우리가 접수하지.

막상 멍석 깔아 주니
부끄러운데? (엄마도.)

축복 받은 외모.
사육사 아빠는
내 눈에 우주가
담겨 있다대?

훗♡

트리트먼트
했어용

정말 그래?

자연스러운
시선 처리.

극우

청순

정말……?

그리고 트레이드 마크인
얼룩무늬는 아직 미완성.

완성이면
어떻게 되냐고?

총총총

잘 봐 봐.
색감이 달라.

나 새끼 킥!!
얼룩말 무늬는 갈색+흰색에서,
생후 9~18개월 사이에
검정+흰색으로 변한다.

130

나 새끼는 아직 솜털에서
못 벗어났다고~!

킁킁

말 좀 했더니
목마르다.

근데 여기서 잠깐! 내 몸의 얼룩이
왜 존재하는지 궁금한 사람들이 있겠지?

얼룩

덜룩

궁금해?
알려 줘?

옹동이도
스트라이프
☆

날씬

늘씬

무려 1,800년 대부터, 생물학자들이
내놓은 무수한 가설을 소개하지.
몸을 은폐시키기 위해,
포식자를 혼동하게 하기 위해,
동종 간 개체 인식을 돕기 위해,
사회적 유대 강화를 위해,
동료를 쉽게 인지하기 위해,
체온 조절을 위해,
벌레로부터 몸을 방어하기 위해,
등등……

근데 이제, 뭐가 사실인지는
안 알려 줌. 알아맞혀 보시라! (큭큭)

요 깔끔한 추진력, 난리 나는 완급 조절은 길쭉한 기럭지에서 나온다.

또 시작이다.

어슬렁

쌔앵~

한번 달리면 멈출 수 없어!

다 크면 시속 56Km까지 가능!

잘 뛰는 나, 어떤데?

헥헥

후유~

비결이 뭐냐고?

씰룩

쌜룩

핵심은 여기거든. 엉덩이 근육!

엄마의 엉덩이 기운을 받아서 다시 한번 뛰어 볼게.

부비☆

왜 자꾸 뛰어다니는 거야? 걸어도 돼.

내 뜀박질의 종착역은 언제나 엄마❤

나 새끼는 무리지어 생활하는 사회적인 동물이야.
근데 야생성도 아주 강하지.

마차 끄는
얼룩말 봤어?
못 봤지?!

치근덕

초식 동물치고는
난폭하다는 소리도 들어.

내 입속에
송곳니 있다.

씩씩

째릿

그래서
얼굴은 선녀,
몸은 나무꾼이란 말씀.

천적인 하이에나와 사자도
쉽게 접근 못할 정도.

이런 한 성깔하는 나 새끼
얼룩말도 멸종 위기.

얼룩말 보호,
아니 지구 보호에
동참해 줘!

흑흑

아 참! 매년 1월 31일은
'얼룩말의 날'이야.

적어도 이 날엔
우리를 생각해
줄래?

하암~

아무튼 난 얼룩얼룩하게
태어났고,

우리가
보고싶으면
동물원으로 와~
아님 아프리카
가야 해.

빼꼼

늠름~

울엄마처럼 덜룩덜룩 멋진
말이 될 예정이야!

♥ 얼룩말 ♥
(Zebra)

아프리카 대륙에 살고 있는 동물로, 당나귀와 친척인 포유류다. 암컷들이 무리를 이끄는 특징이 있다. 사바나얼룩말, 그레비얼룩말, 산얼룩말 이렇게 3종이 있고, 줄무늬와 몸집이 조금씩 다르다. 몸길이 120~160cm, 몸무게는 200~450kg, 평균 수명은 25년 정도이다.
초식 동물이지만 공격력이 높고 난폭하다. 또한 사람이 길들이기 매우 어려워 가축화에 실패한 동물이다.

나 새끼
진실 혹은 거짓

거북이 등딱지는 자라난다.

거북이의 등딱지는 외부의 뼈가 변형되어
만들어졌어요. 대부분의 등딱지는 딱딱하기 때문에
외부의 위협이 있을 때 등딱지 안으로 머리와 발,
꼬리를 집어넣어 몸을 보호해요.
이런 등딱지는 손톱처럼 자라나기 때문에 딱지가
오래되면 표면에서부터 얇게 벗겨지고, 맨 밑에서는
새 딱지가 자라납니다.

토끼는 당근을 제일 좋아한다.

그림책에서도, 애니메이션이나 동화에서도
토끼는 당근을 좋아하는 것으로 나와요. 하지만
사실 토끼는 주황색 당근보다는 그 잎을 더 좋아해요.
당근처럼 수분과 당분이 많은 채소와 과일은
토끼의 건강에 좋지는 않거든요. 토끼는 마른풀이나
전용 사료를 먹고, 물은 따로 먹는 것이 좋아요.

동물에 대해 얼마나 알고 있나요?
재미있는 OX퀴즈 형식으로
정리한 동물 상식을 보며 동물에 대해
배워 봐요.

♥ 기린의 무늬는 털색 때문이다. ♥

기린에게는 규칙적이지 않는 무늬가 있어요.
이 무늬는 기린마다 모두 다르며, 절대 바뀌지
않는다고 하지요.
기린의 털을 밀면 피부에도 얼룩덜룩한 무늬가 남는다고
해요. 피부의 멜라닌 색소 분포가 달라서 피부에도,
털에도 얼룩무늬가 생기는 거예요. 반면 얼룩말의 털을
다 밀면 검은 피부가 나온다고 합니다.

♥ 개 코가 건조하면 아픈 것이다. ♥

평소에 개 코는 차갑고 축축한 상태예요. 청결을 유지하기
위해 먼지나 꽃가루, 흙 등을 혀로 자주 닦아 내기 때문이에요.
또한 코 안쪽에는 콧속을 시원하게 해 주는 특수한 점액이
분비되는데, 그 점액 때문에 맑은 콧물이 나온답니다.
바람이 불거나 잠을 자고 일어난 직후에는 코가 말라 있겠지만,
그렇지 않은 경우엔 몸에 이상이 있을 수 있으니 아픈 곳이
있는지 확인해야 해요.

13

말라뮤트

왕 크고
왕 귀엽지!

흰 눈 사이로~ 썰매를 타고~

바글바글

조금
비켜 줄래?
너무 좁아!

와글와글

달릴까, 말까~ 달릴까, 말까~

씨근씨근

하이, 헬로우,
안녕? 내가
누군지 아니?

하암~

난 말이야~

웡?

응?
무라고?

너무 바보같이
생겼어! 귀여워~

강아지 잘못 봤어. 나는 무려……

내 정체를 알면
놀랄걸!

멍멍~!

달려라,
달려!

다다다다~

누구보다 빠르게, 남들과는 다르게,
색다르게 썰매를 끌었던……!

말라뮤트다. 이름도 멋지지?

풀네임은
알래스칸 말라뮤트!

늠름

……지만 지금은 고작
견생 3주 차.

몸집은
다 큰 개
같겠지만….

코오오~~~

하찮은 쿠앤크.
그게 바로 나다.

나 아직
한 달도
안 됐어!

깡!

그치만! 하루 하루 맘마 잘 먹고,

스트레칭을 해야
키가 큰대!

짭짤한데,
간식인가?

앙!

쭈욱~

오동통통~하게 폭풍 성장 중!

본투비 근육빵빵 근수저!

단단

발바닥도
엄청 크지.

두툼

보이지? 나의 거대해질 미래.

맞아, 나 말라뮤트.
대형견이다.

나도 내가
얼마나 클지
기대돼~

우람

몸의 높이는 무려 70cm 정도.

털까지
풍성해서
더 커 보여.

지금 많이
안아 둬.
나중엔 못 안아.

58~71cm

포옥

몸무게는 많으면 70kg까지.

141

달랑달랑, 작은 흑임자색 수제비.
지금은 츄욱~ 처졌지만……

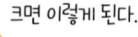

크면 이렇게 된다.

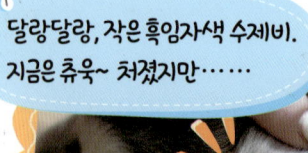

달랑

뾰족

쫑긋

내
귀야, 귀!

곧 울엄빠처럼 뾰족! 쫑긋! 해진다.

아직은 감은 듯뜬 듯.
어때, 내 눈망울?

눈 뜬 거야.
치명적이지?

지그시

반짝

아직은 깜장콩같은
작고 까만 내 눈.

곧 반짝이는 호박 컬러감으로
당신들 심쿵하게 할 예정.

콧구멍이 커서 그런가,
후각도 장난 아냐.

작고 촉촉한 내 콧구멍은
병뚜껑 만큼 커질 거다.

킁킁! 그런데 말이야……
내가 하고 싶은 말이
있는데 말이야…….

놀라지 말고
들어 봐.

주저

주저

나 새끼는 썰매견 출신 + 대형견.
그 말은 뭐다?

발바닥에
땀 날 만큼
뛰어다닐 거야.

촉촉

자신 있어?

어~~~마 무시하게
활동적이라는 거지.

웬만한 체력으로는
나 새끼 감당하기 힘들걸?

하루에 네 번 산책을 가 주고~
여덟 번 가고, 열여섯 번 가고~

준비해?
나가? 출발해?

나 새끼 킥!!
하루에 2시간 이상 산책과
더불어 수영, 달리기, 공놀이
등 다양한 운동을 함께하는
걸 권장해!

기특해~

집사는 좋겠다~
나 덕분에 같이
운동하고~

나 새끼의 육체적, 정신적
건강을 위해 운동량 충족 필수!

앗, 뭐가 좀 허전한데? 움직였으면 뭐다?

배고파!!!!!

모조리 다 씹어 먹어 주마!

꼬르륵

오물오물

지금은 엄마 맘마지만, 나중엔 사료통 박살이다!

먹었으니 자야지.

자고 일어나서 또 놀자~

Zzz...Zzz...Zzz

우리의 미친 활동량을 보고 사고뭉치로 오해하는 사람들도 있는데……

안겨서도 잘 자고요,

발라당 배까기 스킬 발동!

순둥♡

귀욤♡

이래봬도 큰 말썽 한번 부리지 않는 순둥 오브 순둥이!

애교가 많다 못해 촬촬 흘러 넘치는 나는야 둥이둥이 애교둥이♥

그치만 너무 만만하게 보지는 마. 상대방이 너무 공격적으로 다가오면 온 힘을 다해 제압할 수 있다.

심한 자극 주지 말기!

깡깡깡!

나 새끼 킥!!
강아지 성격은 개체마다 다르기 때문에 올바른 예절 교육은 필수!

또 그런데 말이야…… 우리를 보면 자꾸 어떤 녀석이 떠오르지?

알아! 안다구! 나 새끼의 평생 라이벌, 바로 허스키!

뭐래? 잘 보면 우리는 완전 달라!

칫!!

날렵

날렵

허스키=늑대st

말라뮤트=곰st

조금 더 안기고 싶은 건 우리 아니겠어? 우리 쪽이 털도 풍성하잖아.

이제 딱 보면 알겠지? 이제부터 허스키랑 착각은 금지야~

곰상에 빠지면 출구 없다~

푸근~

동글~

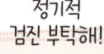

정기적 검진 부탁해!

뭔데?

대체적으로 건강한 편인 나 새끼지만, 대형견인 만큼 유전병을 조심해야 하거든.

나 새끼 킥!!

고관절 이형성증, 백내장 등의 안구 질환, 심장판막 질환, 심근병증, 갑상선 기능 이상 등등……. 많은 유전병들 위험, 위험!

태양을 피하고 싶었어~

뜨거워!

숨막혀!

더워!

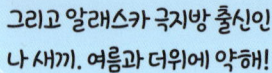

그리고 알래스카 극지방 출신인 나 새끼. 여름과 더위에 약해!

적절한 온도 관리는 매우 매우 중요해!

그리고
왕 잘 자!

쿨~

왕 크게 태어난 나 새끼,
맛있는 거 왕 많이 먹고
왕 크고 왕 귀여워져서,

난리났네,
난리 났어.

치명 치명

당신들의 심장을 더더욱
후벼 팔 예정이야.

썰매는
내게 맡겨.

기대되는 내 미래는
이분들이시다. 아까 봤지?
울엄빠야. 나도 이렇게
멋진 개가 될 테야!

카리스마
폭발

 ♥말라뮤트♥
(알래스칸 말라뮤트 Alaskan Malamute)

북극에서 온 개로, 4,000여 년 전에 길들인 늑대의 후손이다. '말흘레뭇'이라는 알래
스카의 이누이트 부족 이름을 따 말라뮤트란 이름이 붙여졌다.
스피츠 계통의 대형견이라 몸집도 크고 근육이 많아 늠름해 보인다. 시베리안 허스키와
헷갈릴 수 있지만 허스키는 중형견에 날카로운 인상이며, 눈동자 색, 아래로 펴진 꼬리
등 다른 부분이 많다.

14 다이아몬드백테라핀
거북이

화려한 등딱지를 가진 귀여운 쪼꼬미~

안녕? 나는 알이다.

동글

동글

바동

바동

엊그제 태어난 진짜 알이다.

나 새끼 최초 아니냐? 생전부터 나오는 건?

날아라~~

알부터 시작하는 나의 정체는?!

콩보다 쬐끄만 얼굴,
코딱지만 한 팔다리.

내 이름은 아직
안 가르쳐 주~지!

히히~

둥둥~

지금은 청포도 맛
알사탕만 하고,

주머니에
쏘옥~ 넣으면 안 돼!
물이 없잖아.

자그마~

등딱지가 딱
500원 동전만 하지만,

그러나 어디 가서
안 꿀리지.

그 이유가
뭔지 알아?

지금 딱
보고 잇잖아~

엉큼

엉큼

왜냐하면······ 나는 아주
영롱한 등딱지가 있거든.

149

정식으로 소개할게.
내 전체 이름은 우려
'다이아몬드백 테라핀'.

히~

내 이름
다 외웠어?

이름도
길지.

똘망 똘망

알려줄까? 내 이름이
다이아몬드인 이유.

등딱지 무늬가 다이아몬드
모양이라서 그렇지.

잘 봐 봐.
예쁘지?
멋지지?

반짝 반짝

나갈 거야!
나가야 한다고!

근데 말이야,
내가 며칠 전까지 말이야,
알에서 살고 있었단 말이야······.

겨우 겨우 알 깨고 나왔고,
태어난 지 15일 됐어.

알 속은
답답했어.

영차
영차

우리 다이아몬드백 테라핀
거북이들은,

생김새가
좀 다르지?

엉금~

슈웅~

육지 거북? 아니죠~

바다 거북? 아니죠~

반수생 거북이, 맞습니다!

반수생은
땅과 물속을
번갈아가며
생활하는 동물을
말해.

첨벙

첨벙

우리 피부는 염분이 잘 스며들지 않고, 헤엄도 잘 치거든.

물갈퀴도 있다고~!

물갈퀴

나 새끼 킥!!

반수생 거북이도 바다거북이 지닌 염류샘(salt gland)이 있어서 소금기를 제거할 수 있어.

멸치다, 멸치!

오예!

한 입 먹음

잠깐만. 나 밥 좀 먹고.

그렇다. 먹이인 갑각류들을 잘 섭취할 수 있도록,

나도 한 입만.

안 돼. 나 다 안 먹었어.

칙!

스윽

다른 거북이보다 강한 이빨! 왕 센 치악력도 장착했지.

하지만 지금은 그저 갓 태어난
초 미니미니미니한 나 새끼!

되게 하찮지?

바동
바동
바동

막 너무 앙증맞고
그렇지?

뭐야,
내 얼굴 왜 그래?
왜 모자이크야?

흐릿

흐릿

타이니한 이목구비에,
카메라 초점도 나가 버리는 나 새끼.

우린 아직
멸치 못 먹어.

나 새끼들
밥 먹는 중!

냠냠

씁씁

그치만 조금만 지나 봐라.
2년 동안 무럭무럭
성장하면 키 20cm,
몸무게 700g 정도까지
큰다는 말씀! 안 믿기지?

안녕?
난 쟤 엄마.

못 믿겠다면 짜잔!
우리 엄마, 아빠를 소개하지.

듬직

강직

큼직

요만큼 근엄한 덩치로
물속을 요로코롬 헤엄쳐 다닌다고.

멋진 어른 거북이
되기 위해 특훈 중!

아냐,
내가 먼저
클 거야!

쟤네 또 왜 저래.
안 볼란다.

투닥

투닥

내가 먼저
클 거야!

엄만 민망 중······.

그리고
내가 좋아하는 건~

엄마
먼저 할게.

뜨끈

뜨끈

나 새끼 킵!!
거북이용 온열램프, UV 램프를
세팅해 주는 게 좋아. 물 온도는
24~26℃로 유지해 주면 완벽!

따뜻한 빛 쬐기!
비타민 D 섭취가 필요하기든.

우리는 다른 반수생 거북이들보다
수명이 조금 더 긴 편이야. 하지만!

다른
거북이들은
평균 30년!

한마디로,
사랑으로
키우면 돼.

당신들이 아껴 주고,
성원해 주고, 격려해 주고,
영원하면서 스트레스 없이
키워 주면 40년 넘도록 든든한
반려 거북이로 곁에 있을게.

장점만 있으면 좋겠지만,
우리도 피해갈 수 없는 유.전.병.

유전병 외에는
감기, 폐렴, 눈병,
구내염, 피부염
등등등….

병원에서
주사 맞는 중

아야

곰팡이로 인한 괴사인 쉘롯(shell rot)이
잘 생기는 편이라 특히 수질 관리 잘해 줘!

그럼 난 무늬 예쁘게 잘 자랄게.

반짝

반짝

아무튼 나는 반짝반짝 다이아 달고 태어났고,

뛰다가 쉬는 중이야.

슈우우~

땅과 물을 넘나들며 폭풍 성장할 예정이야.

다이아몬드는 영원하다!

둥실

둥실

내 미래는 번쩍번쩍 다이아 수저, 아니 다이아 등딱지 거북이야!

 ♥ 다이아몬드백 테라핀 거북이 ♥
(Diamondback Terrapin)

미국의 대서양 연안 담수에서 서식하는 반수생 거북이로, 등딱지에 다이아몬드 모양이 많아서 이름이 유래되었지만 종류에 따라 차이는 있다. 주식이 갑각류라 치악력이 강한 편이다.

민물과 바닷물이 섞이는 기수역에 살기 때문에 민물에만 사는 반수생과는 달리 염분에 강하도록 진화했다. 그래서 집에서 키울 때도 일정 농도의 염분이 없으면 피부병이 생기기 쉽다.

15

노루

귀엽다고 산에서 데리고 내려오지 마라.

다들 쉿!

안녕?

내 이름…
아마도 틀릴 거야.

방금 동화에서 튀어나온 듯한 이 비주얼.

홀린다……
빠진다……
감긴다……
나 새끼의
매력에…….

샤랄랄라~

그래, 맞아. 밤비.

저작권 때문에 개 사진은 못 보여 준대.

똘망

똘망

밤비가 동물 이름인 줄 알았지?

여어~

밤비도 나도, 노루 새끼야.

밤비는 애니메이션 캐릭터 이름이지롱~

그럼 이제 내 소개를 시작하겠다.

날름

어유, 예뻐! 어유, 예뻐라~

응? 나?

쫑긋

앗, 잠깐만. 왕 크니까 왕 잘 들린다.

퍼덕이면
날 수 있을 것 같은
내 귀 어떤데?

팔랑

팔랑

원래
자기 얘기는
더 잘 들려.

그리고 좌우로
막 돌아가는
내 목 어떤데?

그윽~

내 눈에
너 있다.

그리고 이 안광.
난리 났지?

내 얼굴형은
옥수수수염차도
마사지 덕분도
아니라네~

대문자 Y

내 얼굴은 계란형,
깐 달걀형……
……도 아닌 Y형.

거기에 까만 바둑돌
세 알을 놓고 갔어.

어디? 바둑돌?

촉촉한
내 코만 보여.

부릅

여기, 저기, 조기에
놓고 갔······어.

그리고 흰 조약돌을 여기에
와르르 쏟았지 뭐야.

와르르르~

등을
잘 보시오.

점점점

잘 안
보인다고?

어른 노루는
엉덩이에만
흰 털이 있대!

사실 이건 날이면 날마다
볼 수 있는 게 아니야.

아기 때만 나타나는 요 무늬!
크면서 점점 사라져.

근데······ 화면이 너무
흔들린다고?

흔들
흔들

나 새끼 킥!!

노루는 생후 1시간 만에 걷고,
2~3일이면 전력 질주 능력을
갖게 된다지.

네 마음 속으로
전력 질주!

가늘지만
긴 다리로
겅중겅중
잘 뛰지!

늘
길
씬
쭉

뽀짝한 몸에 그렇지 못한 각선미.

까망
까망

거기에 카카오 함량
99.999%일 것 같은 발굽까지.

엉덩이 근육은
운동 능력을
높여 주지!

종착지는······
시속 80km는 껌인
근육질이시다.

빠르지?

가끔 야생에서 우리 보고
고씨 아니냐고 묻는데,
난 뼛속부터 노씨야.

췌엣

고씨…
고라니
말이야.

어딜
감히!

고라니 고씨와 노루 노씨의
차이를 알려 주지.

꼬리

꼬리가 보이면 고라니,

엉덩이

엉덩이가 보이면 노루.

뿔 없으니
고라니

수컷의 뿔이 있으면 노루,
없으면 고라니.

헷갈리면
서운하다.

뾰족

수컷의 송곳니가 있으면 고라니,
없으면 노루! 기억해 줘.

여기는 동물원이 아니라 야생동물구조센터. 내가 이곳에 오게 된 이유는 말이야……

친절하게 대해 줘서 고마워요 ♥

꼭꼭 숨어라!

무서웠어…

나 새끼는 호기심이 많아서 아무나 졸졸 따라가는 타입이라,

한 등산객이 산속에 혼자 있는 나를 119에 데려다줬어.

여기서 잠깐! 데려다주기 전에 새끼들의 상태가 어떤지, 주변에 부모의 사체가 있는지 파악하는 것이 우선!

찌릿

난 조금 더 자라서 야생으로 돌아갈 예정.

의도가 아닐지라도 선의의 납치가 될 수 있거든.

분유 떼면 본격적인 야생 훈련 시작!

쮸왑 쮸왑

나 새낀 아직 새끼라 분유 옷 뗀 건 비밀.

나 새끼 킥!!

아기 노루는 아직 쮸쮸 먹는 시기라 사람에 대한 경계심이 덜해. 하지만 초원 같은 곳에 한 번 갔다 오면 사람을 잘 안 따르지.

풀도 좀 뜯기 시작했어.

냠냠냠

아참! 5~7월은 노루의 출산 시기.

한 가지 기억해 둬.

부릅

산이나 들에 혼자 있는 새끼를 마주칠 가능성이 있어. 어미가 새끼를 숨겨 놓고 다니거든.

하지만 새끼가 상처를 입거나 털이 더럽다면 야생동물구조센터로 전화해!!!

귀엽다고 집에 데려가면 잡혀갑니다~

부릅

암튼 나는 태어났고,

이렇게 예쁜데, 그때 구조 안 됐으면 큰일날 뻔.

냠냠냠

맘에 안 들면 눈알 뒤집기!

뭐야!

커서도 눈알 뒤집기!

뭐야!

근육질 다리로 야생을 뛰어다닐 예정.

내 미래는 이분이시다. 나랑 똑같네!

♥ 노루 ♥
(Roe deer)

동유럽, 아시아, 러시아 등의 산림 지대에 서식하는 동물로, 몸길이 145cm 정도, 몸무게는 60kg 정도, 수명은 8~12년이다. 평소에는 붉은색이지만 겨울이 되면 회갈색이나 밝은 회색을 띈다.
우리나라에서도 울릉도를 제외한 전국에 서식한다. 특히 제주도 한라산에 많이 살기 때문에 등산길에서 볼 수도 있다고 한다. 하지만 과거보다 개체가 많아져 고라니처럼 농작물에 피해를 주거나, 산길에선 교통사고가 날 수 있다.

나 새끼
베스트 포토

1 롭이어토끼

"인형인가, 토끼인가"

2 고슴도치

"성격은 뾰족하지 않아요~"

3 알파카

"보송보송 공주님"

4 브리티쉬 숏헤어

"고양이계의 신사"

5 카멜레온

"마음은 변하지 않아요"

6 오리
"물 좋아하는 수다쟁이"

7 시츄
"납작코의 순둥이"

8 기린
"몸 반, 목 반의 길쭉이"

9 우파루파
"바라보면 기분 좋은 미소 천사"

10 오드아이 고양이
"반짝이는 두 색의 별"

10 아프리카 왕달팽이
"왕 커지기 일보직전!"

12 얼룩말
"줄무늬만큼 매력적이에요"

13 말라뮤트
"떡잎부터 거대한 아기 강아지"

14 다이아몬드백테라핀 거북이
"보석 박힌 내 등딱지"

15 노루
"동화에서 튀어나온 비주얼"

여름 밤 소풍

"어후, 더워. 여름이 언제 끝날까?"

"낮에는 더워도 해가 지면 부는 바람은 조금씩 시원해지고 있어.
여름도 좀 있으면 끝날 거 같아."

"그럼, 우리 오늘 저녁에 놀러 갈래? 서쪽 언덕 중턱에 별밭이 있어."

"별밭? 별밭이 뭐야?"

별밭에
놀러 가자~

나른한 여름 오후, 더위를 식히기 위해 계곡물에 발을 담근 아기 동물들은 오드아이 고양이를 바라보았어요.

오드아이 고양이는 새침하게 웃으며 대답했어요.

"직접 가 보면 알아! 별밭은 여름에만 볼 수 있는 예쁜 곳이거든."

아프리카왕달팽이가 아쉬운 표정으로
이야기했어요.

"난 가고 싶은데 언덕까지 올라갈 자
신이 없어. 너희들끼리 다녀와. 다녀
와서 꼭 이야기해 줘!"

"걱정 마! 내가 태워 줄게. 털 속에
쏙 들어가면 떨어지지 않을 거야."

알파카가 자신의 털을 뽐내며 말했
어요.

아기 동물들은 느티나무 아래에서 만나기로 약속했어요.
들뜬 목소리로 재잘대며 집으로 돌아가는 발걸음에
호기심과 설렘이 담겨 있는 듯했어요.

하지만 맨 뒤에 있던 거북이는 표정이 어두웠어요.

"나는 가지 말까? 내가 걸음이 너무 느리잖아.

알파카한테 나까지 태워달라고 할 수도 없고……."

듣고 있던 오리가 자그마한 날개로 거북이 등을 토닥였어요.

"나랑 같이 천천히 가자. 나도 물에서는 빠르지만

땅으로 걸어가면 아직은 빨리 갈 수 없어."

잠시 뒤, 땅거미가 질 무렵.
아기 동물들이 하나둘씩 나무
아래로 모였어요.
"난 간식을 싸 왔어. 나랑 거북이
걸음이 느려서 말이야. 이거 먹으면서
중간중간 기다려 줄래?"
"여기 시원한 음료수도 있어."
오리와 거북이가 간식 꾸러미를 내밀었어요.

"얘들아! 우리는 이거 가져왔어!"
큰 목소리의 주인공은 말라뮤트와 기린이었어요.
둘의 등 뒤에는 커다란 썰매가 달려 있었지요.
"우리는 몸집이 커서 너희들이랑 걷는 속도가 다를 것 같아."
"이왕이면 같이 이야기하면서 가면 좋잖아!"

오리랑 거북이한테 썰매 타고 가자고 얘기할까?

이 말을 들은 오리와 거북이는 숙였던 고개를 들었어요.

그때 시츄의 큰 눈과 마주쳤고, 이내 둘을 보며 슬쩍 윙크했어요.

사실 친구들은 오리와 거북이의 걱정을 눈치채고 있었어요.

몸집이 작은 친구들이 언덕을 오르기 힘이 들까 봐 걱정하고 있었거든요.

그렇게 아기 동물들은 별밭으로 출발했어요.

미안해서 싫다고 하면 어떡해…

언덕을 오른 지 얼마나 되었을까요?

해는 마지막 인사를 하며

어둠 속으로 사라졌고,

샛별과 동그란 보름달이 은은한

빛을 내기 시작했어요.

"와, 얘들아. 저길 봐!

진짜 별밭이야!"

맨 앞에서 걷던 노루의 눈이 동그래졌어요.

그리고 곧 아기 동물들의 눈앞에 반짝이는 보랏빛, 하얀빛이 펼쳐졌지요.

별밭은 바로 도라지꽃으로 가득한 곳이었어요.

아직 여기저기 남아 있는 뜨거운 열기 사이로 휭~ 하고 바람이 불었어요.

시원한 밤바람은 아기 동물의 땀도 식혀 주었지요.

아기 동물들은 행복한 표정으로 별밭을 바라보았답니다.

나란히 앉은 아기 동물들은

시간이 한참 흐른 뒤에도 지금을 기억할까요?

온기가 남은 풀밭과 얼굴을 간질이는 시원한 바람,

어둑한 하늘에서 빛나던 별, 고개를 살랑이며 곱게 핀 꽃.

그리고 옆에 앉은 친구의 다정한 눈빛.

친구란, 서로를 위하는 마음이란 그런 거예요.

서로 다름을 알아주고, 부족하거나 불편한 부분을 채워 주는 마음이요.

거북이를 위해 썰매를 준비한 말라뮤트처럼,

기린을 위해 간식을 준비한 오리처럼요.

지금 떠오르는 사람이 있다면 마음을 전해 보는 건 어떨까요?

기다리고 있을지도 모르잖아요.

초판 1쇄 인쇄 2025년 5월 14일
초판 1쇄 발행 2025년 5월 22일

원작 SBS TV 동물농장 X 애니멀봐
구성 이정은 그림 권혁준

발행인 심정섭
편집인 안예남
편집팀장 이주희 편집 장영옥
제작 정승헌 브랜드마케팅 김지선 출판마케팅 홍성현, 김호현, 신재철
디자인 design S 외주편집 꿈틀

인쇄처 에스엠그린
발행처 ㈜서울문화사
등록일 1988년 2월 16일
등록번호 제2-484
주소 서울시 용산구 새창로 221-19
전화 02-799-9308(편집) | 02-791-0752(출판마케팅)

ISBN 979-11-7371-030-8
ISBN 979-11-7371-006-3 (세트)

copyright ⓒSBS. Corp ALL RIGHTS RESERVED

※ 본 제품은 SBS와의 정식 라이선스 계약에 의해 ㈜서울문화사에서
  제작, 판매하는 것으로 무단복제 및 판매 시 법의 처벌을 받습니다.
※ 잘못된 제품은 구입하신 곳에서 교환해 드립니다.

넓은 바다를 건너온 모카우유의 시끌벅적 한국 생활 적응기! 새롭고 신나는 일상 속으로 함께 떠나요★

사랑둥이 댕댕남매

모카우유

★ 통꼬발랄 우당탕탕 이사 대소동

▶ YouTube 167만 구독자가 사랑하는 모카우유의 러블리한 나날들!
귀엽고 깜찍하지만 때로는 사고뭉치인 두 녀석의 행복 가득한 일상 이야기!

#본사랑둥이 #귀염뽀짝 #모카우유라대소 #한국생활

귀염뽀짝한 특별 엽서 2장!

책 미리 맛보기

귀여움 한도 초과!
모카우유를 꼭 만나 보세요!

©모카밀크. ©SANDBOX NETWORK.

문의 (02)791-0752 서울문화사

시끌벅적한 하루에도 언제나 **사랑** 넘치는
모카와 토피의 육아 분담 일상 이야기!
지금 바로 **사랑스런 사둥이와 오둥이**를 만나 보세요!

특별 부록으로
포토 엽서를
드려요!

책 미리 보기

©Ottershome. All Rights Reserved.

값 14,000원 문의 02-791-0752 서울문화사